LA ESPOSA
DE JOHAN

Viviana Hernández Alfoso

Título: "La esposa de Johan"
Autora: Viviana Hernández Alfoso

1ª edición: 2024

Propietarios de los derechos:
De la edición, Alberto Uribarri ©2024,
de la obra, Viviana Hernández Alfoso ©2024.

Imagen de portada: "Lilly Steiner" (1918), Egon Schiele

ISBN: 978-84-127388-3-4
DEPÓSITO LEGAL: BI 01633-2024

books
factory

Printed in the EC

LA ESPOSA
DE JOHAN

Mi madre está muriendo en la otra habitación.

Lo hace con despreocupada morosidad.

Lo hace sin gracia, sin quejas, sin resistencia. Sumida en la abulia que no es la que le da la morfina. Esa indiferencia es suya, un rechazo a la vida, a la felicidad, a la luz. Se desliza, como un niño por un tobogán, hacia la profundidad de la tumba. Ella, la que nunca ha realizado ni dicho nada definitivo, nada memorable, prevé que su muerte tampoco lo será.

Cuando suceda, haré el anuncio y todo terminará.

He encendido la radio en el corredor. He sintonizado su estación favorita: música de los sesenta. Bobby Rydell canta *Volare* (aunque prefiero la versión de Domenico Modugno) y después, The Beatles. De vez en cuando un poco de jazz y algún blues. Cada quince minutos una tanda de propagandas.

Aisladas. Solas. Desoladas. Ahora también en el mundo físico. Dentro y fuera de las paredes de esta casa. La última del viejo barrio que yace erguida en un oscuro mar arrasado. Desde la ventana de la cocina solo se ve tierra removida, negra, húmeda, con huellas de las máquinas que se han llevado los escombros de los otros edificios: ladrillos, restos de ventanas y puertas, el mármol de algún umbral, el antepecho de pizarra de alguna ventana. Van a construir un *shopping center*. Como si hiciera falta uno más.

He tenido que negociar con la constructora y con el juzgado. Nos dejarán en paz hasta que ella muera. Luego, también morirá la casa. El último bastión de una época. Lo llaman progreso, modernidad. Me dan risa.

El aroma del café se esparce, se ahueca en los rincones, se aferra a las cortinas, a las alfombras, a los almohadones bordados en *petit point*, a la loca galería de bibelots, a las molduras de los techos. Pero en esta casa hay una ausencia: falta el olor a muerte.

Ayer vino el perito médico designado por el juzgado y, apenas entró, frunció la nariz. Me disculpé diciéndole que esa mañana se me había quemado el café y no había podido ventilar la casa por la humedad exterior. Con la lluvia de los días anteriores, nos rodeaba un mar de lodo. Eso le dificultaba respirar a ella, a la moribunda. Me respondió que no era eso, que no sabía, que era como si faltara algo. Me reí (y él lo tomó a mal aunque no me lo dijo). Traté de explicarle que, salvo en la habitación de mi madre, la casa se resistía a morir más que ella. Pensó que estaba loca. Lo noté en sus ojos, en su gesto, en la postura de su cuerpo que se echa hacia

8

atrás como queriendo apartarse para evitar el contagio. Tal vez tenga razón. Tal vez esté enloqueciendo.

Antes de irse, lo vi observar mi escritorio (la mesa del comedor estirada como cuando la familia se reunía para Año Nuevo o el cumpleaños de mamá) y me preguntó si estaba ordenando papeles. Creyó que estaba ganando tiempo y había empezado a limpiar cajones. Algo de eso, respondí. Las cartas, los diarios, el álbum de recortes, las fotografías, las notas y los libros estaban en un baúl. Me gustó el baúl de viaje, tenía más de cien años. Pensé en regalárselo a Jimmy que colecciona esas cosas, por eso lo abrí y lo vacié.

No comprendo por qué mi madre ha guardado estos papeles durante tantos años. (Ya es tarde para preguntárselo). Ella nunca quiso a Sancia, la esposa de Johan. Es el esqueleto en el ropero de una familia amplia y disfuncional, (el "multiplicaos" tomado al pie de la letra en las dos últimas generaciones), que acumula huesos y secretos como si fuesen estampillas. Una vez escuché a mi madre decir que me parecía a Sancia, que había sacado su mismo carácter, que era incorregible, que me iría de cabeza al infierno. Ahora, sabiendo lo que sé y habiendo visto lo que vi, el infierno no me parece tan mal lugar. Este mundo intermedio, entre el aquí y el allá, puede ser peor.

1

Por la ventana se veía un rectángulo de cielo. Nubes de formas caprichosas sobre un fondo opaco, de un celeste desvaído, sucio de hollín. Había llovido por la mañana. Y también el día anterior. Y el otro. Y aún así el aire olía a humo, a desechos, a mugre. Pero no dentro de la casa. La casa permanecía cerrada y tibia, limpia y acogedora, (tal vez un poco agobiante). Mérito de Ana. A veces se preguntaba si no hubiera sido mejor elegir (cuando tuvo la oportunidad) una vida ordenada como la de su hermana. Pero ese pequeño pinchazo de cordura se diluía como una gota de sangre en un río.

Sangre. Río. India.

Se llevó la mano al pecho, justo sobre el colgante que escondía bajo la blusa: el guardapelo enjoyado que colgaba de una gruesa cadena de oro del que nadie sabía. Ni siquiera su padre lo había sabido. Un secreto, un último secreto, del que no deseaba desprenderse ni enseñar. Porque los secretos dejan de serlo cuando alguien los conoce y ella se vanagloriaba de poder mantenerlos ocultos, soterrados bajo la piel, tan adentro que se mezclaban con su propia médula ósea.

El tintineo de la vajilla, los movimientos de la criada, su ir y venir amortiguado por la alfombra la trajo a la realidad inmediata pero no se movió. Continuó observando las nubes para no dar pie a la charla, al cotorreo infinito de la criada. Ya tendría suficiente con escuchar a Ana que, de un momento a otro, invadiría la habitación con su intenso perfume a lavanda.

"¿Cuántos errores son necesarios para decir que se ha vivido equivocada? ¿Cuántas malas decisiones? ¿Hay que darse cuenta del error y reconocerlo como error?", se preguntó sin volver la cabeza, perdida la vista en las nubes. Escuchó llegar a Ana. No era una mujer silenciosa, mucho menos discreta. Era como una invasión de cotorritas a una higuera, chillando, abrumando el aire a su alrededor. No podía odiar a Ana pero tampoco quererla. Eran dos extrañas. Y no lo eran. Vivieron tantos años apartadas, en mundos tan distintos (y distantes) que era imposible recuperar el lazo de sangre (al menos para Sancia).

—Freddy está muy preocupado por tu futuro —dijo Ana, después del primer sorbo de té, mientras elegía un *petit four* de la bandeja pintada a mano.

Estaban solas en la habitación. Una sala estrecha, opresiva, recargada de almohadones, floreros chillones, sillones tapizados una y otra vez, libros nunca abiertos, objetos nunca apreciados: el gineceo, el ínfimo reino de Ana. Era una caja de paredes tapizadas con rayas verdes, blancas y doradas, como barrotes y Ana, un canario gordo y emplumado que cantaba solo para su amo. Sancia sintió náuseas.

—Quisiera que discutiéramos tus opciones —dijo Ana—. Y no es que tengas muchas, querida, por eso mismo, Freddy y yo pensamos que no deberías dejar pasar más tiempo. Para ser francos, papá no dejó dinero, ni un miserable céntimo. Tampoco deudas. Lo cual es una suerte, al fin y al cabo. Aunque no sé qué hizo con lo que ganó. Freddy dice que fueron montos muy respetables. Tal vez, el día de mañana se pueda cobrar alguna

11

que otra regalía por la reimpresión de sus trabajos pero no contaría con eso.

Hubo una pausa. Sancia mantuvo su postura de esfinge hermética: los ojos muy abiertos pero la mirada vacía. No tenía intención alguna de confesarle a Ana en qué había gastado su padre el dinero, a pesar de que ella, en los últimos siete años había oficiado de amanuense y contable de don Juan Iñigo de la Cruz Mendoza y Valfuerte.

—Supongo que el cariño lo llevó a ser egoísta contigo y no preocuparse por dejarte bien casada —dijo Ana. Tampoco obtuvo respuesta, ni siquiera un cambio en la respiración—. Freddy considera que hay tres posibilidades para una mujer en tu posición y de tu edad. Porque, no nos engañemos, Sancia querida, no eres una polluela. La primera de tus opciones sería profesar en alguna orden religiosa. No necesito ni preguntar al respecto; sé muy bien que no lo harás. Papá también te arruinó por ese lado: su ateísmo fue acérrimo; se describía como un librepensador y lo pregonaba a los cuatro vientos.

Ana dio otro sorbo a su té y eligió con remilgo un *petit four* de nuez. Sancia se mantuvo en su posición, sosteniendo la taza de té a la altura correcta, por si acaso fuera necesario llevársela a los labios y demorar una respuesta inapropiada.

—La otra opción sería que encontraras un trabajo. Nada de trabajar como obrera en una fábrica. Eso sí que no. Sería muy mal visto. Un desmedro para Freddy. Y supongo que no te gustaría. Pero como institutriz, en el campo, en otro país... Tus conocimientos de idiomas, tus viajes por el mundo, todo eso ayudaría. Reconozco que algunos niños pueden ser agotadores pero podrías acostumbrarte. Si yo no hubiera tenido la ayuda de Adeline cuando los mellizos eran pequeños, seguramente me hubiera vuelto loca. Son chiquillos maravillosos pero muy inquietos... Freddy trataría de buscarte una buena casa. Me lo ha prometido. ¿Tal vez en Francia? Tu francés es excelente. Hablas como una nativa.

—Dijiste que había una tercera opción.

—Sí, por supuesto —dijo Ana y bebió el último sorbo de té. Luego, como si buscara las palabras, estudió una a una las cuatro pastas que quedaban en la bandeja. Tomó una con resignación y se la metió entera en la boca. Por unos segundos semejó un rumiante—. El matrimonio. Algún viudo, con hijos... Alguien que necesite una mujer para llevar adelante una casa. No será nada fácil encontrarlo. No abundan. Pero tampoco es imposible. No te aconsejaría pretender otra cosa.

—No soy exigente.

—Muy bien, querida. Excelente charla. Te dejaré meditarlo. Pero, ya sabes, tampoco demores mucho. El tiempo no se detiene...

—Supongo que tres días serán suficientes —dijo Sancia.

—Tres días, entonces. Sí, sí, perfecto. A Freddy le complacerá mucho oírlo.

Hubiera podido decir un mes, dos semanas, cualquier lapso. ¿Tres días? Un plazo demasiado breve pero cómodo, incluso lógico: un día por opción. El tres implicaba equilibrio: tres puntos de apoyo eran suficientes para una mesa, un banquito, una lámpara. Tres lados formaban un triángulo. También era el número perfecto en el Medioevo, el número celeste de la Sagrada Trinidad cristiana, tres líneas paralelas para los romanos.

Aquel mismo día descartó la opción de meterse a monja. "Lo mismo sería que me pidieran que me suicidara", escribió en su diario. No creía en los dioses. En ninguno de ellos: ni antiguos ni modernos. Ni siquiera creía mucho en los seres humanos. Dejó la segunda opción para el segundo día. Se colocó el albornoz, guantes y botas y se fue a la biblioteca pública sin importarle la humedad o el viento frío. Ya no miraba las nubes sucias de hollín. Ni el cielo grisáceo. Observó los edificios, la gente, los niños. No se doblegó ante el aire irrespirable ni la opresiva conjunción de ladrillos. No permitió que la marea humana la perturbara y atravesó el parque. Deseó estar en otro lado, del otro lado del mundo, al este del Edén de aquellos hombres ahogados por corbatas, de aquellas mujeres restringidas por la fina corsetería de la moral y las buenas costumbres. "Papá, ¡cuánto mal me has hecho sin darte cuenta!", pensó, y sonrió. A veces pensaba que la egoísta bondad de su padre de brindarle las alas de una educación sin restricciones se convertía en una discapacidad irreparable, como tener un tercer brazo o la falta de algo tan esencial que la hacía sobresalir entre el montón, como si llevara gigantescas alas de mariposa a la espalda. Nunca podría encajar en aquel mundo, por mucho que lo intentara y tampoco tenía la posibilidad de escapar de él.

Al día siguiente, consideró la segunda opción incluso antes de salir de la cama. Eran pasadas las cinco y aún no se oía ruidos en la casa. Cerró los ojos y se fundió en su oscuridad interior, hundiéndose en la ceguera impuesta para ver con mayor claridad los bordes de las cosas, los tentáculos de las decisiones, las bifurcaciones del laberinto: institutriz, gobernanta, dama de compañía. Pensó en la India y en la cantidad de amigos y conocidos que su padre había dejado allá, gente a la que había escuchado quejarse del servicio, de las instituciones, del clima, de los dioses, de las bestias. Recordaba el calor, la malaria, los clubes de los ingleses, las damas con tules en los sombreros para evitar los insectos. Recordaba la miseria y los templos, los niños morenos, los animales escuálidos, los *rickshaws*, las campanillas. Su padre le había prohibido usar saris públicamente pero aún conservaba uno bordado en oro. Había sido uno de los regalos de Devdan. Lo mantenía guardado entre papeles de seda y una fina tela de algodón. El otro regalo pendía de su cuello: un guardapelo con la imagen de la diosa Rati labrada en su interior. Nueve años de cargar aquel amado y secreto yugo. Pero volver a la India no implicaba encontrarlo. Tal vez, saber de él. "Lo mejor para que cure es no rascar la herida", se dijo. Si acaso lo viera, si supiera que él era feliz (porque lo sería), ella sufriría más aún. Se convertiría en una mujer amargada, doblemente abandonada (en la realidad y en la memoria) y odiaría a todos, incluso a Devdan y a su propio padre. La India quedaba descartada al paraíso neblinoso de la memoria.

A media mañana se fue al parque a observar a los niños. Había crecido entre gente mayor: la inesperada hija menor de un matrimonio añoso y mal avenido. Un castigo divino, si hubiera creído en alguna divinidad y en sus castigos. No había tenido mucho contacto con otras criaturas. Ana, su hermana, le llevaba doce años. Cuando su madre murió, Sancia acababa de cumplir once y Ana llevaba dos años de casada y estaba embarazada.

Recordaba el día en que su padre intentó dejarla en Buenos Aires con una tía solterona, la tía Haydeé, una mujer seca y apergaminada como una momia egipcia, que olía a incienso y a ajos, que vestía de negro por la memoria de la decena de muertos en la familia. Aquel día Sancia se dejó oír con absoluta claridad: si su padre la abandonaba en Buenos Aires, ella se escaparía, iría a un burdel y se entregaría al primer hombre que se le cruzara. Lo dijo de una forma tan contundente que a don Juan Iñigo Mendoza no le quedó duda alguna de que Sancia cumpliría la amenaza y la llevó consigo a Marruecos. Desde ese momento, nunca se detuvieron. Fueron y vinieron por el mundo: Marruecos, España, Inglaterra, India, China, Egipto, Grecia, Italia, Rusia, juntos los dos: el arqueólogo amateur y su hija. El escritor, investigador, sociólogo, antropólogo, lingüista y la hija que aprendió a ser secretaria, representante, abogada, administradora. Ella se ocupaba de los cronogramas y de las citas; pagaba las cuentas y cobraba los trabajos de su padre; programaba conferencias; transcribía discursos; se ocupaba de la publicidad y de arreglar honorarios; enviaba los *papers* a las más prestigiosas universidades, a las sociedades geográficas de todo el mundo, a los más reconocidos historiadores. Ella había lidiado con editores, con académicos, con el público en general mientras acarreaba baúles, contrataba portadores y camellos, hoteles, barcos y aviones. El hombrecito medio calvo y bastante miope que había sido su padre se había entregado a las grandes tareas de desentrañar el pasado remoto sin ocuparse de dónde dormirían esa noche o la siguiente, qué comerían y dónde. Don Juan Iñigo Mendoza iba por la vida hipnotizando gente con cuentos de etruscos y mesopotámicos. Horus y su madre recorrían el Nilo. Gilgamesh gobernaba Uruk. Los arúspices sacrificaban animales para estudiar sus entrañas.

Después de un silencioso y solitario almuerzo, decidió que cuidar niños no era un trabajo fácil, que no se sentía capacitada y que, definitivamente, no le gustaba. Tal vez, dama de compañía no fuera una mala elección... Recordó con disgusto que había pasado angustiosos momentos al cuidar enfermos: primero con su madre y luego, con la breve pero terrible enfermedad de su padre. Ella no era una criatura abnegada, ni servil ni pacífica. No podría estar escuchando el parloteo idiota de alguna vieja señora cuya única preocupación fuera el tiempo o la reunión de la sociedad benéfica de turno. Quería, de alguna forma, retomar su vida: ser dueña de ir y venir, aferrar las riendas y no dejarse conducir por otros.

Al promediar la tarde, decidió escribir a algunos amigos de su padre preguntando si no sabían de alguna posición como secretaria, asistente de algún profesor, incluso algún trabajo de oficina en el que pudiera hacer uso de las habilidades adquiridas con tanto esfuerzo. Una vez terminadas se las mostraría a Ana y las despacharían juntas. Eso la dejaría a ella y a Freddy más tranquilos. Desgraciadamente, eso dependería de la buena voluntad de los otros, lo que la fastidiaba un poco.

El tercer día se despertó y decidió que el matrimonio no era para ella. Acarició el guardapelo de oro. No quiso pensar más en el asunto.

Freddy estuvo de acuerdo con la decisión de Sancia. Incluso sugirió publicar un aviso en el Economista moderno y en el Noticias Mercantiles. Ambos periódicos tenían muy buena reputación e indudablemente, aseveró Freddy, llegaban a personas con necesidades de una persona con las cualidades de Sancia: las secretarias con manejo de diferentes idiomas y habilidades para redactar una carta más o menos decente no abundaban. Pasaron un buen rato de la cena discutiendo sobre lo que debía poner o no poner en el aviso. Sancia dijo que lo mejor sería estudiar las publicaciones y hacerse una idea de cómo redactarlos. Freddy aplaudió la iniciativa con todo el entusiasmo que la corvina a la manteca le permitió.

A la mañana siguiente, un martes nublado y desapacible, Sancia fue a comprar los diarios y se sentó a estudiarlos en la salita de Ana. Antes del almuerzo, tuvo preparadas media docena de cartas y el borrador de un breve pero contundente aviso. También consideró la posibilidad de ofrecerse como mecanógrafa en la universidad. Eso era, más o menos, lo que había hecho los últimos años: mecanografiar los discursos y los trabajos de su padre.

Esa tarde, a pesar del viento que golpeaba los vidrios de las ventanas con dedos de hielo, Ana fue a la modista y Sancia se quedó en la agobiante salita femenina, entre una taza de té y una recopilación de leyendas celtas que su padre no había terminado de leer. A pesar de su esfuerzo por avanzar en la lectura, no lograba concentrarse. Estaba distraída. Comenzaba a leer y se aburría, dejaba el texto sobre sus rodillas y se le iban los ojos a través de la ventana, un rectángulo estrecho que apenas permitía ver una escueta franja de cielo. Se imaginó encontrando un trabajo en la universidad: se veía a sí misma en una diminuta habitación tecleando montañas de papeles hasta que le sangraran las puntas de los dedos. Y todo para pagar una renta, los gastos del mercado y usar zapatos viejos y remendados. La buena vida había sido enterrada en el cajón con su padre. Tal vez, con suerte, consiguiera un trabajo como secretaria de algún hombre de negocios, en alguna firma contable o algo por el estilo, viviría un poco mejor, más desahogada, incluso con la posibilidad de ahorrar escatimando aquí y allá, pero viviría atrapada en esa horrible ciudad o en otra similar, caminaría entre desventurados como ella hasta que olvidara quién había sido y lo que había visto. Ya no importaría que supiera diferenciar prendas y abalorios del período paleolítico de los del neolítico, que pudiera dibujar con precisión los capiteles jónico, dórico y corintio, que pudiera relatar de memoria las andanzas y desventuras de Diomedes, que hablara latín y griego o que pudiera pasar media tarde charlando sobre las costumbres de los escitas. Todo se borraría. Deseó volver a leer el Rubáiyat, aquel que le había dado Devdan, pero su padre lo había regalado a una biblioteca. Si lo único que le fuera dado recordar fuese...

La campanilla de la puerta principal la sobresaltó. Sancia alzó la vista de la ilustración que representaba a Fionn McCumhaill y el salmón que había tenido frente a ella los últimos quince minutos y que, a duras penas, había logrado ver. Miró el pequeño reloj junto a un escandalosamente feo jarrón cerca de la puerta: aún faltaban dos minutos para las cuatro y media. Dio vuelta la página y encontró un trozo de papiro que su padre había usado a modo de señalador. Había comprado el libro cuando regresaban de Irlanda, como recuerdo, había dicho. Y había empezado a leerlo por las noches durante la larga travesía hasta Salzburgo, donde esperaba encontrarse con el profesor Riedl y comenzar un ciclo de conferencias conjuntas. La enfermedad lo había sorprendido en Londres y la muerte, en París. En sus pesadillas, Sancia creía haberla visto: la mujer encorvada y pequeña que se había acercado a su padre en la estación de trenes. La recordaba bien: el cabello como algodón blanco, los dedos oscuros y deformados que alzaban una canasta con panes cubiertos por una tela roja. Se había plantado frente a don Juan y éste le había comprado unos panes de ajo que no llegó a probar. Recordaba los panes rodando fuera de la mano de su padre, por la entrada del hotel, hacia la calle.

Otra vez la campanilla. Habían pasado tres minutos de las cuatro y media. El último repiqueteo no se había extinguido de sus oídos cuando recordó que la criada había pedido permiso para retirarse después del almuerzo y Ana estaba en lo de la modista. Indudablemente, Freddy no se arriesgaría a perder su dignidad y abrir la puerta. De eso estaba segura. Algo molesta por tener que asumir la función de criada, y sin soltar el libro, Sancia salió al corredor. Vio a Freddy asomarse con la cara roja de rabia. "Puede permitirse una segunda empleada pero no lo hace porque es un avaro", pensó. Como si le leyera la mente, Freddy cerró la puerta de su escritorio con una mueca de disgusto. "Papá tenía razón. Morirá sin haber disfrutado de la vida", se dijo mientras caminaba, sin apuro, hacia la puerta. La abrió de par en par, de golpe, sin sonreír, anteponiendo el libro de leyendas celtas, como si fuese el escudo de un hoplita, para dar a entender que estaba ocupada.

—Tengo cita con el señor Federick Dull. Soy Jeremiah DeGroot y él es mi hijo Johan —dijo el hombre viejo. El otro se mantuvo con la cabeza baja y unos pasos atrás.

A Sancia le bastó una mirada para medirlos. Era, como ella creía, una cualidad innata para ahorrarse problemas. Ambos llevaban trajes oscuros, de buen paño pero de corte sencillo, camisas de un blanco deslumbrante (por lo que supuso eran nuevas) sin corbata ni moño. El cuello se cerraba con un botón de madera con una cruz negra tallada. Eran de esos puritanos que vivían en el campo a pocos kilómetros de la ciudad. Había escuchado hablar de ellos en el tren: alguien había hecho un comentario (sarcástico) de que aquel grupo de colonos holandeses (así los habían llamado) se iban apropiando de los mejores terrenos de la zona y que poco tardarían en arrojar sus zarpas sobre la ciudad.

—Su moral no les impide volverse ricos —había dicho una de las mujeres en el tren.

—Pasen, por favor. Iré a anunciarlos —dijo Sancia.

Sancia estaba en su habitación cuando Ana fue en su busca. Se había recluido allí con la excusa de escribir más cartas pero se había derrumbado sobre un sillón a leer las leyendas celtas. Su hermana llegó agitada. Tenía las mejillas enrojecidas y los labios descoloridos. Se retorcía las manos y tartamudeaba. Era la primera vez que veía a Ana tan alterada y, cuando supo el motivo, estuvo a punto de caer al suelo de la risa. Su querido Freddy había invitado a cenar a los DeGroot y debían darle una excelente impresión. (Eso lo había dejado Freddy muy en claro). De la aturullada explicación que había salido de los temblorosos labios de Ana, Sancia pudo colegir que los DeGroot eran nuevos clientes de Freddy y éste deseaba impresionarlos, no sólo porque fueran ricos sino porque eran los primeros de la comunidad de colonos y Jeremiah, al parecer, era un personaje muy influyente dentro de su grupo. "El buen Freddy quiere pescar en esas aguas", pensó Sancia.

—No es que necesitemos el dinero pero Freddy afirma que viviríamos sin tener que preocuparnos —dijo Ana.

—¿Y cuál es el problema? —preguntó Sancia.

—La cocinera se ha ido hace más de dos horas y... y la comida es simple: carne al horno y verduras hervidas. Eso no impresiona a nadie. Además no creo que alcance para cinco comensales. No sé qué servir de postre. Además, la criada no está. ¿Quién recogerá la mesa? ¿Quién se ocupará del servicio? ¡Justo hoy! No sé qué hacer. Freddy se enojará conmigo. Dirá que es mi culpa. Yo no podía saber...

—¡No llorés! —dijo Sancia, cambiando al castellano materno con aquel acento argentino que sólo usaba con su padre—. Prepararemos algunas ensaladas. Tal vez podamos preparar algún aliño para la carne. Cortaremos porciones más pequeñas y ninguna de las dos repetiremos, ¿entendido? Podés ir a la casa de los Zimmer y preguntarles si te prestan su criada por esta noche.

—¡Pero es francesa! Yo no sé una palabra de francés.

—Por suerte, yo sí, y de la casa de los Zimmer, te vas a la panadería de la esquina y comprás alguna cosa dulce. Suelen tener tartas de moras. Preguntá por si tienen también crema ya batida para acompañar la tarta.

—Sí. Eso haré.

Esa noche, Sancia escribiría en su diario:

"Freddy puede darse por satisfecho. Por suerte había una enorme fuente de verduras hervidas las que servimos con una vinagreta de trufas bastante aceptable. Para la carne preparé una salsa de vino tinto reducido con azúcar y pimienta que le quitó el color tristón a pesar de que la cocinera había bañado el asado con manteca fundida. Por suerte, la señora Zimmer se compadeció de Ana y no sólo envió a Odette sino también una *Tarte aux pommes* recién hecha."

"Jeremiah DeGroot se mostró muy conversador y devoró dos porciones de tarta. Su hijo apenas abrió la boca tres veces y comió poco (no puedo culparlo si no le gustó la carne, aún con la salsa estaba un poco reseca)."

2

Jeremiah DeGroot entró al salón comunal, amplio y despojado, detrás de Hans Filcher y de Marian Lipz. Ocupó su silla junto a la ventana y esperó en apacible silencio a que los demás se hubieran acomodado en sus sitios. Jeremiah observó que, de los doce sitiales, sólo uno estaba vacío: el de Lars Volkeen. Había muerto el jueves pasado y su familia estaba en período de luto, una de las pocas razones justificadas para no comparecer a la reunión bimestral del Consejo.

Kurt Dahl se puso de pie, abrió la Biblia en cualquier página y leyó el primer párrafo sobre el que descansaron sus ojos. Creían en las decisiones del Altísimo. Hubo unos minutos de reflexivo silencio y luego, Hans comenzó con el orden del día. Jeremiah esperó pacientemente a que llegaran al punto en que se adjudicara la tierra común, esa franja fértil que corría junto al arroyo. Cada tres años, el Consejo la entregaba a una de las familias pioneras para que la trabajara. Los frutos de la misma se dividían entre el adjudicatario y el Consejo, que utilizaba el dinero para beneficencia, o bien, para obras piadosas. Durante los últimos tres años, Hans Filcher y sus hijos habían labrado la tierra y parte la habían destinado a pasturas de sus vacas lecheras. Los réditos habían sido buenos y el Consejo había destinado su parte a arreglar el techo del salón comunal (que llevaba años goteando) y a ayudar a la familia Volkeen a contratar peones para levantar la siguiente cosecha ya que Lars sólo había dejado un muchacho de diecisiete años y una hija idiota de doce que ni siquiera podía mantenerse erguida.

Jeremiah utilizó el tiempo en el que Marian y Kurt discutían sobre las siguientes actividades comunales (las reuniones sociales eran planificadas hasta en lo más ínfimo) para considerar sus posibilidades: había hecho su propuesta en la reunión anterior.

Había ofrecido un porcentaje más alto de beneficios para el Consejo. En vez del acostumbrado treinta y tres por ciento, él lo había elevado a cuarenta por ciento. Deseaba esas tierras. Tenía excelentes planes para ellas. Además contaba con sus hijos, fuertes y trabajadores, y la maquinaria necesaria para hacerlas rendir al máximo. Con las ganancias de esos tres años, planeaba hacer una buena oferta a su vecino Fiodor Malevich, que poco y nada entendía de campo y más de una vez le había expresado su voluntad de desprenderse de las tierras si recibiera una propuesta interesante. Malevich deseaba mudarse a Nueva York, con sus parientes, y quería llegar al otro lado del mundo con los bolsillos llenos.

La atiplada voz de Kurt lo arrancó de sus pensamientos. Agradecieron las tres propuestas recibidas y anunció que las tierras irían por el siguiente período de tres años a manos de Helga, viuda de Andersen. Jeremiah sabía que de nada le serviría quejarse y alegar que Helga era una anciana y que ni sus hijas ni sus esposos tenían la inteligencia suficiente como para hacer rendir ese campo. El único hijo varón de los Andersen era un magnífico carpintero pero no diferenciaba la cebada del trigo.

—Jeremiah —lo llamó Hans cuando la reunión terminó—, quisiera hablar contigo. Espérame unos minutos mientras quito unas cajas de la carreta. Son escabeches que preparó mi esposa para los Volkeen. Marian se los alcanzará esta tarde.

DeGroot se quedó bajo la sombra de un manzano. Era un día apacible. Soplaba un viento suave y seco. Movió las manos encallecidas y venosas. Sus articulaciones no le dolían. Le era fácil moverse, erguirse. Lamentó haber llevado la vieja calesa. Hubiera podido ir caminando, disfrutando del buen tiempo. Estaban en plena época de lluvias y ese clima era una rareza.

—Jeremiah, gracias por esperar —dijo Hans—. Me gustaría darte una explicación sobre lo que sucedió allí dentro.

—No es necesario. El Consejo debe tener sus razones.

—Sí, las tiene. Y justamente sobre eso deseaba hablarte. Tu propuesta fue muy generosa y no dudo que hubieras hecho rendir esas tierras como nunca pero Marian nos hizo ver una realidad que va más allá de lo monetario, un aspecto sobre lo que se ha basado el pensamiento de nuestros padres fundadores.

—Marian es una mujer muy inteligente y piadosa —respondió DeGroot, bajando aún más su voz grave.

—Sí, puede ser... Aunque a veces es una verdadera arpía —dijo Hans, con una carcajada—. Pero los demás estuvieron de acuerdo, Jeremiah. Verás, Helga es la matriarca de una familia en crecimiento: dos hijas y un muchacho. Las dos hijas están casadas con buenos hombres de ciudad que han abrazado nuestras costumbres y cada una de ellas tiene a su vez dos hijos. Y según me ha dicho mi esposa, la menor espera ya el tercero. En cuanto al joven Knut, sé de buena fuente, que no tardará en comprometerse con Ludmila, la hija de Olav el herrero.

—Una familia numerosa es una bendición —dijo Jeremiah.

—Exactamente ese fue el punto de Marian. Una bendición que hay que alimentar si me preguntas a mí —dijo Kurt—. Marian señaló que tus hijos no tienen esposas. Tu familia no cumple con los mandatos de nuestros padres. ¿Recuerdas el Génesis? "Creced y multiplicaos, llenad la tierra y dominadla". Sé que es difícil pero, si le pidieras ayuda a Marian, seguramente encontraría buenas esposas para tus hijos, muchachas piadosas y trabajadoras.

Kurt hizo un largo silencio mirándose la punta de sus zapatos.

—Tu sitial en el Consejo peligra —dijo, en voz muy baja.

Jeremiah asintió en silencio. Dio las buenas tardes a Kurt y se subió a la calesa. Sus manos sintieron la aceitosa suavidad de las riendas. El trotón gris arrancó con paso elegante y un suave cabeceo obediente. Había subestimado al Consejo. Y a ese viejo cuervo de Marian. En vez de tomar por el camino que bordeaba el arroyo, fue por el de carretas, el que atravesaba dos o tres propiedades. Era más largo pero tenía mejor sombra. Sentía calor bajo el sol.

Jeremiah pensó en sus dos hijos: Johan y Wilhelm. También en Finnbar, que, aunque no fuera su hijo, lo había criado como tal. Johan, el mayor, acababa de cumplir treinta años. Era un hombre apocado en muchos aspectos pero inteligente. Necesitaba empuje, un

27

motor que lo llevara por la vida. Era sin duda una criatura apagada, sin fuego.

Wilhelm no había sido bendecido con la agudeza de un buen entendimiento pero era fuerte y trabajador. Si no calculaba mal, tendría veintiocho años en un par de meses. A veces le recordaba una bestia de carga y otras, un potro a medio domesticar.

Finnbar poseía la astucia que le faltaba a los otros dos además de reunir una larga lista de cualidades poco recomendables. Era rebelde, mujeriego y bebedor como su padre. Estaría por cumplir veintiuno o veintidós.

Resultaba sorprendente que ninguno hubiera dado muestras de querer casarse, de tener mujer y familia. Había media docena de mujeres en edad por las granjas exteriores y un par que, para los ojos de Marian, habían empezado a convertirse en solteronas sin remedio. "No es que falte de dónde elegir...", pensó Jeremiah.

La casa de los Andersen ("la conejera") estaba a la derecha del camino. Era pequeña, con un enorme galpón a un lado, un huerto bien provisto y un jardín. Una mujer y dos niños trabajaban en el huerto y una segunda mujer, la criada, quitaba la ropa limpia del tendedero. Jeremiah inclinó la cabeza a modo de saludo. "Un lugar demasiado pequeño para tantos críos y cada año parece haber alguno nuevo".

DeGroot consideró que Johan sería el más fácil de casar. Era tranquilo, inteligente, amable, de buen aspecto. Un poco corto, sí. Tímido, también, pero no cuestionaría mucho su decisión. Era obediente y respetuoso de las leyes y mandatos divinos. Wilhelm, en cambio, sería todo un reto. Soltó una risita baja que

28

hizo que el trotón moviera una de las orejas hacia atrás. Pero en eso pensaría más adelante.

La finca de los recién llegados Hagebak se abría a la izquierda. Decían que Bertha Hagebak era maestra de música y una excelente cocinera, que había conocido a su esposo en Austria, donde enseñaba piano y violín en un conservatorio. Según Marian, Bertha era una mujer refinada y aún así una hacendosa ama de casa que sabía manejar a las criadas con mano firme. Todo un elogio viniendo de la vieja urraca tan poco dada a encontrar buenas cualidades en los demás.

Jeremiah fue tomando nota mental de lo que debía buscar en una esposa para Johan: una mujer joven, una mujer instruida, una mujer que hubiera visto mundo, una dama. Sacudió la cabeza. No, aquello no se encontraba entre las buenas hijas de los granjeros, que eran criaturas simples y hacendosas, sin más instrucción que la escuela comunal y sin más mundo que alguna feria vecinal cada tanto. Aquello, como lo había descubierto Hagebak, había que ir a buscarlo fuera.

Chasqueó la lengua y el trotón aceleró el paso. Tomó hacia el sudeste, alejándose más de su granja. El sendero desembocaba frente a la casa de los Lipz. Aquel camino sombreado le recordaba el que había hecho junto a su padre, cuando había ido a conocer a su primera esposa: Lena. Había quedado huérfana y vivía con su tía viuda, que dependía de la caridad del Consejo. Éste había arreglado el matrimonio y también había provisto a la dote de la muchacha. Había sido un cortejo corto. En el que tanto Lena como Jeremiah tuvieron poco o nada que discutir porque lo esencial estaba resuelto de antemano.

Johan se parecía a su madre. Había sacado el mismo color dorado de los cabellos, el rostro alargado, los ojos soñadores. También había heredado sus silencios, sus secretos, algo que se escondía bajo la piel pálida, con esa cualidad de porcelana fina. El fruto no caía lejos del árbol. Nunca había comprendido a Lena. Tampoco a Johan.

Detuvo el coche frente a la casa de Marian y se apeó. Sabía que la mujer no estaría, se lo había dicho Kurt. Llamó a la puerta y le abrió la criada. Lo hizo pasar al saloncito recibidor, un pequeño lujo que no todas las casas poseían. Jeremiah fue observando detalles: cortinas blancas, carpetas tejidas bajo las lámparas, almohadones bordados, estatuillas y un par de naturalezas muertas (lo suficientemente grandes como para dar idea de la holgura económica de sus dueños pero sin caer en el pecado de la vanidad). Las alfombras se sucedían una tras otra. Ninguna tenía mancha alguna. No necesitó buscarlo para darse cuenta que no encontraría polvo sobre los estantes. Los bronces estaban bruñidos. Las maderas, lustradas. Un ramo de flores silvestres alegraba una mesa lateral. Una escueta colección de libros se apilaba sobre el escritorio que había pertenecido a Adolphe Lipz. Una serie de pequeños grabados mostraban el Coliseo, el Partenón, la Torre inclinada de Pisa, el Arco de Triunfo de París. Jeremiah sonrió ante este último y se disculpó con la criada diciendo que acababa de recordar un compromiso y que no iba a poder esperar a la señora Lipz, que ya se acercaría él cuando tuviera un rato libre.

Cuando llegó a la granja DeGroot, atardecía. El viento se había vuelto más frío y menos amable con su vieja osamenta. A medida que avanzaba fue observando en derredor: el terreno inculto que iba del camino al ingreso, el huerto generoso pero abandonado, los pisos sin alfombras, las ventanas sin cortinas, el tapizado gastado de los sillones, el color ocre de las paredes, una mancha de humedad bajo la ventana de la sala, los muebles resistentes pero toscos. Observó a sus hijos sentados a la mesa frente a él: el apático Johan y el feraz Wilhelm, como dos caras de una moneda que el destino mismo había desechado. Y Finn, con su cabello negro y sus ojos de hielo, analizándolo todo en silencio.

—Johan —dijo Jeremiah, frunciendo el ceño, señal de que no aceptaría argumento en contrario sobre el tema—, es hora de que tomes esposa. Y ya sé con quién te casarás.

Al día siguiente, la criada de los Dull, dijo a Johan que la señorita Sancia no estaba, que había salido muy temprano al correo y que aún no había regresado, que no sabía a qué hora iba a volver porque no lo había dejado dicho, que solía ir hasta la biblioteca pública cuando podía, la que estaba del otro lado del parque, que ahí se ponía a leer, porque ella leía mucho, siempre estaba con un libro en la mano, usted verá, el padre de la señorita Sancia, que Dios lo tenga en su gloria, había sido un profesor, creía, o algo así, por eso la señorita leía tanto, que trajo un baúl lleno de libros, jamás había visto tantos libros en una sola casa.

Johan atravesó el parque a buen paso y se detuvo frente al imponente edificio de la Biblioteca. Subió los primeros tres escalones con decisión y luego, se detuvo. Sintió que las manos le sudaban, que algo le obstruía la garganta y que se le dificultaba respirar como si estuviera en la cima de una montaña. Bajó los escalones.

Regresó a la vereda y alzó los ojos para ver el edificio. Alguien pasó y sonrió, pensando tal vez en aquel palurdo que no se atrevía a entrar a la biblioteca. Pero no era lo imponente del edificio de severo frontispicio lo que detenía a Johan. Pensaba en las palabras de su padre: en la clara y sencilla orden.

Al principio, había tratado de negarse, de razonar con él. Después comprendió que no lograría hacer cambiar de opinión a Jeremiah porque él mismo no estaba convencido de rechazar la idea. Desde que había salido de la granja y hasta llegar a la casa de los Dull, había pensado en muchas cosas. Demasiadas. Ahora, a un centenar de pasos de ella, sentía que no podía ir más allá. Era como si hubiera un muro invisible. Se sentía (o se sabía) incapaz de franquearlo. Le faltaban las fuerzas y le temblaban las piernas.

El recuerdo de su padre lo forzó a seguir. La escalinata, el amplio y fresco vestíbulo de entrada, el pasillo, la sala de lectura. No tardó en verla: sentada en una mesa junto a un ventanal, dándole la espalda, con la cabeza inclinada sobre un libro. Johan eligió el corredor opuesto. Un par de estudiantes alzaron la vista para observarlo pasar pero enseguida regresaron a sus libros. Johan se sentó detrás de una columna, medio oculto, observándola. Estuvo así diez o quince minutos. Sintió las manos sudorosas, el cuerpo helado, la garganta seca, los ojos adoloridos. Se puso en pie y salió a toda velocidad. Había decidido decirle a su padre que no la había encontrado.

Dejarla tranquila, según Johan, era un acto de amor.

3

La enfermera llega a las seis. Controlo el reloj con cierta ansiedad. Mamá ha tenido un buen día: una pequeña recuperación (tal vez, la última si damos por cierto ese mito de una mejoría antes del final). Inclusive ha charlado por teléfono con una antigua compañera del colegio que se ha mudado a Sidney. Me ha preguntado por qué llamé a la enfermera. Le he dicho que iba a salir con un amigo. ¿Con Alex?, preguntó. Sí, le respondí, con Alex. Ese no es un amigo, dijo. Se guardó para ella las preguntas habituales: ¿aún sigue con la esposa? ¿No es que se iba a divorciar? ¿No te sientes mal siendo la tercera en discordia? Creo que ya no le quedan fuerzas para discutir. Tal vez entendió que no me importa. Tuve que comerme el eterno "ya hablamos de esto, mamá" y me supo mal. Tuve la sensación de que no volvería a decirlo.

Alex llega a las ocho. Es puntual hasta la exageración. Vamos por unas copas; después, la cena y por último, alguna habitación de hotel. La enfermera va a quedarse toda la noche, le digo. Tengo que regresar antes de las siete. No hay problema, responde.

Un sencillo vestido negro y un tapado color granate oscuro. Algo que pueda usar al día siguiente a primera hora. No quiero parecer una prostituta callejera a las seis de la mañana. Zapatos con poco taco y todo lo que pueda llegar a necesitar en la cartera. El celular y una batería extra. Ella está mejor. La enfermera me dijo que no me preocupara, que por lo general, esa recuperación suele durar un tiempo pero que no me haga ilusiones, que el desenlace es inevitable. Sólo un milagro podría salvarla, agrega la enfermera, santiguándose. "No creo que haya santo que quiera interceder por ella", pienso.

Alex se levanta de la cama para fumar. Se acerca a la ventana. La habitación está fría. Se le eriza el vello de los brazos.

—¿Cómo está tu madre?

Hemos pasado tres horas en la cama y recién saca el tema. Sabe que no me gusta hablar de ella pero siente la necesidad de preguntar. Es un buen hombre. Con sus defectos. Como todos.

—Una leve mejoría. No quiero hablar de eso.

—Nunca quieres hacerlo.

—Yo no soy la que esconde la situación.

No lo toma a mal. Ya hemos pasado el tiempo de los reproches y hemos aceptado las reglas del juego. Se encoge de hombros; es un gesto que le quita importancia a las palabras. Ambos lo hemos asumido: él carga con esta doble vida y yo soy la que permanece en las sombras, oculta, secreta. Sin embargo, siempre he sentido que yo era la dueña de la situación en cierta forma: podría llamar a la esposa y desatar el infierno; soltar los perros de la guerra como quien dice. Él me odiaría por hacerlo. O tal vez no. Tal vez está buscando esa confrontación pero no se anima a hacerlo, a ser el primero en destapar la olla. No voy a arriesgarme. Tampoco me importa tanto.

A veces pienso que es al revés. Yo soy la esposa, la que lo escucha despotricar en contra de su trabajo, la que se acuesta con él aunque le duela la cabeza, la que lo acompaña al médico, al cine, a comprar ropa. La otra,

Raquel, es la que se lleva la mayor parte del dinero, la que vive en una casa de dos pisos en un barrio exclusivo, con mucama seis días a la semana, y maneja un auto adaptado para la silla de ruedas del hijo de ambos. Ese chico de doce años que no sabe en qué planeta vive, y que está en un estadio intermedio entre un ser vivo y un vegetal. Le auguraron una vida corta: veinte años como mucho. Ella, como buena madre, se sacrifica por el hijo. Vive pendiente de él, para él, por él. ¿O no es así? Lleva al hijo como una cucarda, exhibiéndola: esta es mi cruz; aquí, conmigo, siempre a mi lado; atestigüen mi sacrificio, mi entrega. Es una forma de recargar la culpa en Alex, de alejarlo (para aumentar su sacrificio) y a la vez de retenerlo. Son rehenes de una situación que no han buscado pero que han recibido. Ella no puede vivir ni dejar vivir. El perro del hortelano. Ella tiene que sufrir para recibir admiración, como un vampiro. Está loca o es muy astuta. No lo sé.

Alex termina el cigarrillo en silencio. Vuelve a la cama. Tiene el cuerpo helado pero no me abraza. Raquel y el chico se han instalado también con nosotros, entre nosotros, de alguna forma siempre están presentes en la habitación o en la mesa del restaurante, como sombras fantasmales, etéreas, de nuestra culpa. Debo exorcizar sus fantasmas para que la melancolía no nos arruine la noche.

—Creo que voy a escribir otra novela —digo.

—¿Y los ensayos? Estuviste seis meses dando lata con eso...

—Un proyecto para más adelante.

Se vuelve hacia mí. Su mano se estira por debajo de las sábanas. Se apoya sobre mi vientre y se queda ahí, inmóvil. Reconozco el hambre de afecto, de contacto, de ser amado. La vulnerabilidad se transmite por la piel.

—Encontré un baúl —digo—. Está lleno de papeles, libros, fotos y de una miríada de porquerías inclasificables. Como no tenía nada que hacer y antes de tirarlos, me puse a curiosear. Pertenecieron a Sancia.

—¿Vas a escribir una novela sobre ella?

—Lo estoy pensando. No sé si hay bastante material y si acaso da para una novela. Tengo que investigar un poco. Hay algunos blancos en su diario. Tengo que leerlo con detenimiento, apenas lo hojee.

—¿La elegiste porque tu madre la odiaba?

—Si la odiaba tanto ¿por qué guardó sus cosas?

—Las hijas pueden tener sentimientos muy conflictivos con respecto a sus madres.

—No lo dirás por mí, ¿no?

Alex sonríe. A pesar de que se le forman una infinidad de arrugas en el rostro, se ve más joven. Los ojos le brillan. Las sombras se han escondido en los rincones del cuarto y se han fundido con otras sombras, posiblemente las mías, las que he traído detrás como perros insumisos.

—Supongo que las guardó con la decisión de quemarlas, hacer una gran pira para matar a la bruja, como esos juicios en que se quemaba un retrato del acusado, y no pudo —dije, encogiéndome de hombros.

—O no quiso. Pudo haberse arrepentido. Tal vez quiso guardarlas como un nexo, una especie de cordón umbilical —dice Alex—. ¿Vas a preguntárselo?.

—No creo que una discusión sobre Sancia la ayude a morir en paz.

—Puedes estar equivocada.

Son las seis de la mañana. Tomamos café en el único bar abierto a mitad de camino. Es una mañana destemplada y nos apuramos a entrar. Me aferro a la taza de café con leche con ambas manos para que me contagie un poco de calor. Le reprocho que no use la bufanda que le regalé para su último cumpleaños. Dice que lo hará. Pero hay cierta vaguedad en el tono, un dejo de imposibilidad. No creo que la use. Supongo que no le habrá gustado. Era un color azul turquesa que iba muy bien con sus ojos, un color más festivo del que suele usar. Le digo que tendría que haberme dicho si no le agradaba el color, hubiera podido cambiarla, y agrego que no hubiera sido molestia alguna hacerlo. ¿Por qué teme herir mis sentimientos? No soy Raquel. Puedo soportar muchas cosas. Adentro de mí hay un núcleo de acero. Eso lo he heredado de Sancia. Eso es lo que le molesta a mi madre, que sea fuerte, que no la necesite. Debió ser muy duro para una persona que buscaba (necesitaba) la aprobación del otro y ser considerada imprescindible, descubrir que el mundo sigue girando sin ella, apartándose de ella. Creo que mi madre nunca nos perdonó el ser independientes, el no elegirla como centro y motor de nuestras vidas. Terrible. Tal vez Rachel sea igual. En cierta forma, la he puesto en la misma situación en la que alguna vez estuvo mi madre.

El mito del Eterno Retorno.

4

Una vez por semana, (el mismo día y a la misma hora), Johan tomaba el tren y se bajaba en la ciudad. Caminaba las dieciocho cuadras hasta la biblioteca y esperaba, oculto entre las columnas, a que Sancia llegara. La observaba un rato simulando leer el periódico y después se iba. Tomaba el tren de regreso.

—¿Ya le has pedido casamiento? —preguntaba Jeremiah, apenas lo escuchaba traspasar el umbral de la casa. Johan no respondía. Entraba a la casa, se quitaba el abrigo y lo colgaba con cuidado en el perchero cerca de la puerta. Con los ojos de su padre fijos en él, se encogía de hombros y otras veces se limitaba a un imperceptible movimiento negativo con la cabeza y subía a su cuarto. Se cambiaba de ropa e iba a ayudar a Wilhelm o a Finnbar a terminar las tareas del día.

Wilhelm jamás le preguntó sobre ella o sobre sus excursiones a la ciudad, y a Johan le parecía ver en los grandes ojos de su hermano, un brillo de complicidad, como si acaso supiera lo que ocurría. Finnbar, en cambio, no era tan fácil de acallar. Lo perseguía para que le contara detalles: desde cómo iba vestida hasta de lo que habían hablado. Para aplacarlo, Johan respondía alguna pregunta con aire ausente.

—Hoy se veía bonita —decía—. Llevaba un vestido azul.

Pocas veces, aquellas lacónicas relaciones eran suficientes. A Finnbar le divertía acorralarlo hasta que Wilhelm pegaba un enérgico chistido o le daba un empujón que lo arrojaba al suelo. Lo que más molestaba a Johan era las preguntas soeces que Finnbar hacía por millares. ¿Tiene las tetas grandes? ¿Ya le has sobado el culo? ¿Has metido la mano por debajo de la pollera? ¿Te ha dejado...?

Los días que regresaba de la ciudad, Johan no podía conciliar el sueño. Se quedaba quieto, observando el amanecer apabullar a las sombras. Entonces, se levantaba y trabajaba hasta caer exhausto. Se movía como un autómata, como un títere. Mudo y hermético, movía las manos sin parar, sin levantar la vista de lo que tenía delante.

Jeremiah, al verlo, sonreía en silencio, sacudía la cabeza y decía que Johan se había enamorado. Lo que, en verdad, era excelente si es que iba a casarse con esa chica. Después de un prudente tiempo, llamó a Johan y le dio un mes más de plazo (a lo sumo, dos) para que formalizara el noviazgo y pusiera fecha de matrimonio. Sabía que su hijo era tímido y un poco corto de luces en cuanto a mujeres y que necesitaría que lo fueran guiando y empujando porque, de lo contrario, envejecerían en ese asunto. Posiblemente, ni siquiera la hubiera besado aún.

Sancia miró hacia arriba, hacia los tres pisos por escalera que debería subir hasta las oficinas de "Stoker & Rosetti". Llevaba la carta de recomendación que le había redactado Freddy y, para darle el gusto a Ana, vestía una sencilla falda negra, camisa blanca y el cabello recogido en un apretado rodete en la nuca. No había reconocido su reflejo en la vidriera de la librería de la esquina. "En esto me convertiré con el tiempo", se dijo, con un escalofrío.

El aspecto lúgubre del edificio, la escalera mal iluminada y el olor a humedad no ayudó a esa sensación de náuseas que había tenido desde que se había levantado esa mañana. Mientras ascendía con tozuda determinación, había recordado las palabras de Freddy: la había tratado como a una nena tonta y simplona. Al final, su cuñado había estado a un tris de postrarse de rodillas para implorarle que no lo dejara mal parado, que después de todo debía tener en cuenta que ese trabajo lo conseguía gracias a él y que no debía comportarse como una desagradecida. Entre las firmes sugerencias y las veladas amonestaciones, dejó deslizar que, si bien había sido una carga para su economía, ellos no se lo echaban en cara y sólo les preocupaba que, como pariente, estuviera bien ubicada y lista para independizarse como cualquier mujer del nuevo siglo. "Me han pateado fuera del nido", había pensado Sancia. De haber tenido dinero (nunca había ambicionado más que unos centenares de libras), no hubiera recurrido a Ana ni a Freddy. Pero la súbita enfermedad de su padre seguida de su repentina muerte, la había sorprendido con las arcas vacías. Sancia había calculado que las conferencias de Salzburgo hubieran sido una generosa fuente de ingresos de la cual hubiera podido ahorrar una discreta cantidad hasta que su padre lograra publicar el siguiente libro. El período de investigación en Irlanda y Escocia había sido más oneroso de lo calculado. Y los remedios y los honorarios médicos la habían dejado casi en la miseria. Sancia había tenido que vender (malvender) un anillo de oro con tres rubíes que su padre le había regalado cuando cumplió dieciocho años para lograr pagar su pasaje y el transporte del cadáver a Toledo, donde estaba la cripta familiar de su padre. Apenas le había quedado dinero suficiente para mantenerse hasta que su hermana le remitió un giro para el pasaje.

Si algo odiaba Sancia era depender de la caridad ajena. Pero si algo odiaba más aún, era depender de Freddy.

Tuvo una amable entrevista con el señor Rosetti, que le dijo que había asistido a una de las conferencias de su padre en Londres hacía ya varios años y que lamentaba mucho su muerte. Las oficinas, le dijo, no eran la gran cosa, pero tenían mucho trabajo realizando transcripciones y copias para abogados. Se requería alguna que otra traducción pero no muy a menudo. Su trabajo consistiría en mecanografiar las copias solicitadas, la correspondencia, algunos trabajos legales y de ser necesario, alguna traducción. Trabajaría bajo la dirección de Stoker junto con otras dos personas. Le rogaba puntualidad y, por supuesto, la mayor celeridad en el trabajo. Por las primeras semanas, hasta que se adaptara, le darían el trabajo más sencillo.

La relegaron a un escritorio estrecho bajo una de las ventanas que daba al lateral del edificio. La luz era indirecta pero suficiente. La máquina de escribir era una Underwood en buenas condiciones aún pero tenía flojas un par de teclas y la ele se encimaba con la letra siguiente si se tecleaba muy rápido. Sancia tomó un papel y comenzó a familiarizarse con el aparato. Luego, se quitó el saco, se acomodó los cubre mangas que una de las empleadas le facilitó y tomó el primer trabajo: una carta que había que copiar treinta veces. Una carta comercial, escueta, sin floreos lingüísticos. Una hora y diez minutos después, Sancia depositó las cartas en una carpeta y las entregó a Stoker para su revisión.

Así como había experimentado una natural simpatía por Rosetti, con su cabello blanco, sus crecidas patillas y sus cejas despeinadas, Stoker le producía la impresión de un anuro. La luz verdosa que despedía la lámpara de lectura sobre su escritorio completaba la ilusión.

—Muy bien, señorita Mendoza —dijo—. Pídale a Roberta el siguiente trabajo.

Roberta le entregó el borrador de una monografía de cincuenta páginas. Sesenta frases en latín. No era lo que más le gustaba pero al menos la mantendría intelectualmente despierta.

Mientras se acomodaba en la silla, Sancia decidió que sólo estaría allí seis meses, a lo sumo un año. Ahorraría (si fuera necesario viviría a té y pan) y se iría de esa ciudad. ¿Dónde? Roma, París. Donde fuera que la vida estuviera ocurriendo. ¿Y qué haría? ¿De qué viviría? Decidió que lo pensaría cuando llegara a destino. No iba a envejecer en esa ciudad ni detrás de una máquina de escribir. Se lo prometió a sí misma mientras ponía la primera hoja de papel.

Johan la había esperado hasta que la oscuridad del atardecer tiñó el cielo de un violeta rojizo. Le resultó extraño que no asistiera a la biblioteca, como lo había hecho siempre. Cuando atravesó el pórtico, sintió las primeras gotas de lluvia que a los pocos segundos se tornó fina y tupida. Pero Johan no parecía sentir esos dedos helados y húmedos que se metían por el estrecho espacio entre su cuello y la camisa y bajaban por sus omóplatos y por el centro de su espalda. No le dio importancia a la fría película de agua que se adhería a su pecho. Caminó hasta la casa de los Dull, sin ver a las personas que se apartaban de su camino.

Lo atendió la hermana de Sancia, esa mujer morena y entrada en carnes, que lo miró sin reconocerlo, lista para echarlo.

—Mi nombre es Johan DeGroot. Quisiera hablar con su hermana, la señorita Sancia.

—¿Con Sancia? —preguntó la mujer, con sorpresa.

Su mente tardó unos segundos en ajustar la imagen de ese hombre empapado, pálido y ojeroso, con la del muchacho que había cenado con ellos meses atrás. Antes le había parecido sólo eso: un muchacho desgarbado y tímido. Bajo la lluvia, con la ropa adhiriéndosele al cuerpo, Ana se sorprendió a sí misma pensando en lo esbelto y bien formado que era aquel hombre. A pesar de no estar en óptimas condiciones, tenía un rostro interesante, varonil y a la vez, con cierta delicadeza. "Elegancia", se corrigió mentalmente. "Bien vestido sería un hombre elegante".

—Sancia aún no ha llegado. Trabaja en una oficina de copistas. Si gusta esperarla... —ofreció Ana recordando que Freddy tenía mucho interés en quedar bien con aquellos clientes.

—¿Tendría usted la dirección de la oficina?

—Debería preguntarle a mi esposo. Si desea aguardarme un instante... Pase por favor.

—Aquí estoy bien, señora Dull. No se preocupe.

Cuando Ana cerró la puerta, Johan se guareció bajo la saliente de una ventana justo a tiempo para ver un coche detenerse frente a la casa. Sancia descendió y entró corriendo, sin verlo. Escuchó una voz masculina ordenando al chofer que continuara. Vislumbró una mano enguantada que se apoyaba sobre la empuñadura de plata de un bastón.

Apenas la calle estuvo vacía, Johan salió de la protección de la saliente y comenzó a caminar hacia la estación de trenes. La lluvia se había convertido en un verdadero diluvio. El último tren había partido, dijo el guarda de la estación. Johan asintió con la cabeza y continuó caminando. Sólo deseaba llegar a su casa, a su habitación, a su cama y quedarse allí hasta el final de los tiempos y rogó para que el fin del mundo ocurriera en las siguientes dos horas.

—¡Sancia! —dijo Ana al ver a su hermana quitándose el abrigo mojado junto a la puerta— ¿dónde está el señor DeGroot?

—¿Quién?

—Johan DeGroot. Vino a buscarte. Estaba junto a la puerta hace un momento.

—No vi a nadie —dijo Sancia y, sacudiéndose la pollera para quitarse las últimas gotas, pasó junto a su hermana.

—¿Por qué vino a buscarte?

—No tengo idea. Se lo hubieras preguntado.

Sancia se encogió de hombros y subió a la carrera hacia su habitación. Estaba contenta. Había cobrado su primera semana de trabajo. Le daría una parte a su hermana (aunque bien sabía que no lo necesitaba) por los gastos de su manutención y el resto lo guardaría. Su primer dinero ganado honestamente por ella misma. Y esa noche, el anciano señor Rosetti la había traído en su coche y habían charlado de muchas cosas. Entre otras, de un sobrino que vivía en Roma y tenía nada menos que una editorial.

Sancia escribió en su diario:

"Iré haciéndole preguntas a Rosetti sobre su sobrino. ¡Roma! Tal vez, pueda darme trabajo. Le pediré una carta de recomendación al editor de la universidad. No puede negármela después de lo que me hizo padecer con las revisiones a los trabajos de papá."

—Te digo que era el joven DeGroot. No me equivoco. Era el mismo que estuvo cenando con nosotros —cuchicheó Ana.

—¿Y buscaba a Sancia?

—Me pidió la dirección de la oficina.

—¿Crees que...? —preguntó Freddy, alzando las cejas.

—No pude sacarle nada en concreto. Se hizo la desentendida.

—Sería un buen partido. El viejo Jeremiah DeGroot tiene una extensa porción de la mejor tierra y me ha encargado comprar algunas propiedades en la zona comercial de la ciudad.

—¿Quieres decir que el viejo es rico?

Freddy asintió en silencio.

—¿Qué deberíamos hacer, Freddy?

El hombre caviló unos segundos y luego, se encogió de hombros.

—Podríamos invitarlos a cenar.

5

Wilhelm se levantó, como todos los días de su vida, al alba. Se preparó una taza de café fuerte y negro, comió un trozo de pan de centeno que remojó en el café y una manzana. Con la manzana aún a medio terminar, abrió la puerta de atrás, tomó su sombrero, deformado por las inclemencias de muchos veranos y otra igual cantidad de inviernos, y se hundió en la luz rojiza del sol naciente. Sus botas perturbaron los charcos que había dejado la tormenta del día anterior. Una formación de nubes oscuras batallaba contra el horizonte augurando más lluvia. El viento, que había bramado por la noche como un león en celo, era poco más que una brisa que sacudía las ramas más débiles de los árboles.

Wilhelm enfiló sus pasos hacia la encina medio podrida que estaba junto al camino de ingreso. Cargó el hacha sobre su hombro y dio el último mordisco a la manzana. Llevaba semanas pensando en esa encina. Si no había caído aún, con la tormenta de la noche pasada, la quitaría de una vez por todas.

Caminó en silencio, perdida la vista en la amplitud del campo que rodeaba la casa. Una de las cosas que más disfrutaba era esa hora, cuando el mundo parecía nuevo y desprovisto de gente, cuando los colores del día se asomaban con una frescura que, hora tras hora, irían perdiendo. También le gustaba el olor que dejaba una buena tormenta en el aire, aroma a tierra y a pinos. Aspiró profundamente y su descomunal pecho se ensanchó aún más. Miró la encina con cierta pena; mediría sus buenos veinte metros de altura y su tortuoso tronco blanquecino, antes macizo, era de un respetable grosor. Calculó que le llevaría toda la mañana terminar con él.

Al tercer o cuarto hachazo, Wilhelm notó que alguien se tambaleaba por el camino. Dejó el hacha apoyada contra la encina. Era raro que alguien anduviera por allí sin una carreta o un caballo, máxime cuando los caminos estaban enlodados. Tardó unos segundos en reconocer a Johan en aquel andrajoso que tomó por un vagabundo. Estaba cubierto de barro y avanzaba a los tumbos, como si estuviera ebrio, los brazos caídos a los lados y la cabeza gacha. Cuando lo vio caer y no levantarse, Wilhelm se acercó. Lo alzó sin esfuerzo y cargándoselo al hombro como si fuese un leño, lo acarreó la milla de distancia hasta la casa.

Finnbar, quien regresaba de ordeñar las vacas con un cubo de leche fresca para la cocina, se le quedó mirando, plantado en medio del patio como una estatua y la anciana Otile, quien había estado fregando la cocina sin convicción y bastante aburrimiento, dejó escapar un gritillo de alerta. Jeremiah, que afilaba los cuchillos junto a la puerta trasera, fue a su encuentro, tocó la frente de Johan y sintió la fiebre.

—Finn, ve a buscar al doctor Brühl. Lleva la carreta. Toma el camino del río y mantente siempre del lado del pinar o te hundirás en el barro. Corre, muchacho.

Entre Wilhelm y Jeremiah le quitaron la ropa húmeda, le limpiaron el barro y trataron de mantenerlo despierto lo suficiente como para que tomara un poco de café caliente con leche. Johan retribuía sus esfuerzos con su acostumbrada docilidad y un emperrado mutismo pero los observaba con ojos vidriosos y ausentes. Wilhem había visto esa mirada en animales enfermos y no auguraba nada bueno. Sacudió la cabeza en negativa pero Jeremiah gruñó una inteligible respuesta que bien podía ser una maldición.

—Es un hombre fuerte. Tal vez, salga de esta —dijo Brühl.

Olvar Brühl no era del tipo de médico que le gustaba sembrar falsas esperanzas. Tenía buen ojo para distinguir un enfermo en las últimas de los que aún tenían posibilidades de sanar. Y Johan DeGroot caminaba por la delgada línea que separaba a unos de otros.

Durante tres días y sus noches, Johan estuvo sumido en un sueño de fiebre del que lo despertaba Wilhelm al hundirlo en la tina de agua fría. Jeremiah y Finnbar lo secaban y vestían con ropa cálida y trataban de que comiera y bebiera pero a la tercera cucharada se negaba y si lo obligaban, como había hecho Wilhelm, sólo conseguía que vomitara lo poco que había logrado tragar.

El doctor Brühl los visitó al cuarto día y dijo:

—Si sigue así, en diez días estaremos abriendo su tumba. Algo he leído de esto. El enfermo tiene que aportar lo suyo y, no sé qué le ha ocurrido a Johan, pero puedo afirmar que no tiene ganas de curarse. En vano estamos luchando contra alguien que realmente tiene ganas de morirse.

Las palabras repiquetearon en la cabeza de Jeremiah como estridentes campanadas y esa noche, se sentó frente a su primogénito, encendió su pipa y esperó a que la casa estuviera en calma. Cuando ni siquiera se escuchaba el crujido fantasmal de los muebles, apoyó su huesuda mano sobre el hombro de Johan y, con decisión, lo sacudió hasta que logró despertarlo, y preguntó:

—¿Qué sucedió con la chica?

"Un padre debe conocer a su hijo", pensó Jeremiah al ver la súbita reacción en Johan, tan breve como una de las chispas que saltaban al remover los leños del hogar: la tensión de los músculos del cuello, la presión en las mandíbulas como si tratara de que no se le escaparan involuntariamente las palabras, la mirada acuosa que se desvió con rapidez. No necesitó otra respuesta. También supo que no la obtendría de Johan.

"Esta", pensó Jeremiah, "es una casa silenciosa".

El viernes, después de intentar razonar con Johan por casi una hora y recibir una mirada perdida y vaga como respuesta, Jeremiah asistió a la reunión del Consejo y se retiró con prontitud para tomar el tren de las dos de la tarde. En la casa de los Dull, lo atendió la parlanchina criada de la que fue fácil obtener información y por la que se enteró que Sancia trabajaba en una oficina a unas veinte calles. Le describió el lugar y, aunque no recordaba el nombre de la firma, le dijo que eran copistas y que la señorita casi siempre llegaba con los dedos manchados de tinta de la máquina de escribir y ella le había recomendado que usara piedra pómez porque sabía que era excelente para quitar ese tipo de manchas. También le dijo que terminaba a las cuatro y solía llegar a las cuatro y media porque venía caminando.

Jeremiah apuró el paso para encontrar a la muchacha a la salida de su trabajo. A pesar del aire viciado y la humedad, anduvo con la rapidez propia de la determinación. Mientras caminaba, pulió el escueto discurso que pensaba soltarle a la joven. Pero primero, debería escucharla. Estaba la posibilidad que Johan la hubiera ofendido de alguna forma (una posibilidad muy remota) o que simplemente, hubiera dejado de hacer o decir algo (lo más probable). Las mujeres eran criaturas sensibles y vivían pendientes de las más dispares sutilezas. Existía la posibilidad que fuera un simple malentendido. Con Lena, la madre de Johan, había tenido que medir siempre las palabras. Habían sido tres años de discusiones, de enojos por nimiedades. En cambio, con su segunda esposa, una mujer por demás de simple, jamás habían tenido un sí o un no. Tampoco habían tenido mucho diálogo. Ella se había limitado a aceptar su destino como un yugo. Wilhelm había heredado de ella sus pocas luces lo que lo había convertido en una criatura huraña, a veces, bestial. El mundo fuera de la granja era, para Wilhelm, un sitio complicado e incomprensible, hostil.

No fue difícil hallar las oficinas. El cartel, en sólidos caracteres negros, se veía sin dificultad en el tercer piso y los demás comerciantes conocían a los copistas, especialmente al amable señor Rosetti, un hombre que había sabido granjearse la buena predisposición de sus vecinos. Jeremiah consultó su reloj de bolsillo: faltaban tres minutos para las cuatro y decidió subir. No le agradaban mucho aquellas escaleras empinadas y de descansos estrechos pero emprendió el ascenso de dos en dos. Llegó justo cuando Sancia cerraba la puerta con firmeza (por no decir, enojo) y lo miraba con el ceño fruncido y las mejillas arreboladas. Algo la había molestado; podía verlo en los ojos y en los labios apretados.

—Buenas tardes, señorita Mendoza. ¿Me recuerda?

Las palabras la sorprendieron como si le hubiera arrojado un baldazo de agua. Relajó el ceño y distendió la boca. Por un instante, pareció sorprendida y luego, fue retomando su aire educado y distante.

—¿Cómo está usted, señor DeGroot? La oficina ya cerró pero si necesita algún trabajo urgente, con gusto...

—Venía a verla a usted, Sancia.

—¿A mí?

—¿Puedo acompañarla hasta su casa? Necesito charlar con usted sobre Johan.

—¿Johan, su hijo?

Jeremiah le ofreció el brazo. Sancia pareció dudar un instante, miró hacia la puerta que acababa de cerrar y, clavando sus ojos en el hombre frente a ella, avanzó y aceptó.

—Iremos despacio. No me gustan mucho las alturas —confesó Jeremiah, enfrentando el empinado descenso, y ella sonrió.

No era una chica bonita. Pero tenía una generosa mata de cabello negro y unos abismales ojos oscuros; había en ella cierta gracia, un toque de orgullo en el gesto y unas graciosas pecas bajo los ojos que la daban un aspecto juvenil. Cuando llegaron a la calle, ella alzó la cabeza y su porte se volvió elegante y resuelto. Fuera lo que fuese que hubiera ocurrido en el piso superior, ella lo había dejado atrás. Le agradó esa rápida recomposición: mostraba determinación y fuerza de carácter, ambas cualidades de las que carecía su hijo.

—¿Qué ha ocurrido entre Johan y usted?

—¿Qué?

La franca sorpresa descolocó a Jeremiah. La chica lo miraba desde sus abismales ojos con curiosidad.

—No sé de qué me está hablando, señor DeGroot. Sólo vi una vez a su hijo y fue con usted presente.

—¿No volvió a verlo después de esa noche?

—No. Sé que estuvo en casa de mi hermana preguntando por mí dos veces pero nunca nos encontramos. No sé por qué me buscaba —dijo ella y, al ver la contrariedad en el rostro del hombre, se animó a preguntar: —¿Él le ha dicho lo contrario?

Jeremiah apoyó su mano flaca, huesuda y callosa sobre la de la joven. La palmeó con suavidad y dijo:

—Si promete guardar silencio y escucharme con atención, le contaré una historia interesante.

Cuando Freddy salió del despacho, encontró a Jeremiah DeGroot sentado en el recibidor, charlando del terrible clima citadino con Ana, quejándose de la calidad del aire con todas aquellas fábricas en las cercanías.

—Va a llevarse a Sancia unos días al campo —dijo Ana, apenas Freddy terminó el saludo.

Freddy se quedó farfullando, incapaz de soltar algo coherente que no se refiriera al tiempo y la distancia y alguna tontería sobre el trabajo en la oficina de los copistas y lo imprescindible que era Sancia para el señor Rosetti. Jeremiah soltó una risita amable.

—Me agradaría mucho que Sancia visitara la colonia.

Si lo que le preocupa es su bienestar, le aseguro que vivirá con una de las mejores familias y Marian Lipz, una de las matriarcas del Consejo, responderá por ella.

—Sí, por supuesto... Conozco a la viuda Lipz —dijo Freddy, conteniendo el tartamudeo.

—El domingo por la tarde estará de regreso.

Se escucharon los pasos de Sancia por la escalera. Jeremiah se puso en pie, se despidió de los Dull y se reunió con la muchacha. Antes de salir, DeGroot se volvió y dijo:

—Me interesa esa propiedad en frente del correo. Ocúpese y cómprela por mí, señor Dull. Le remitiré el monto completo, con más sus honorarios, el lunes sin falta.

6

Cuando llegaron a la granja Lipz, el último rayo de sol encendía la copa de los cipreses, semejando antorchas. Sancia decidió que observaría en forma neutral, sin sacar conclusiones apresuradas. Había escuchado hablar a Ana de la colonia y sus habitantes pero no estaba preparada para retroceder en el tiempo de una forma tan abrupta. Se sintió como sir Richard Burton en su peregrinación a la Mecca.

Marian Lipz, en cambio, cogida a contrapié, se restringió a dar la bienvenida a aquella muchacha con la mayor urbanidad posible y mirar con fijeza a Jeremiah. Mientras la criada llevaba a Sancia arriba para mostrarle el cuarto de huéspedes, la vieja urraca encaró al hombre.

—¿Qué te traes entre manos, Jeremiah?

—Te he dicho la verdad, Marian.

—No he dicho que mintieras.

—La desconfianza te arruga la frente —dijo DeGroot, sin inmutarse.

—¿De dónde ha salido esta chica?

—Es la cuñada de Frederick Dull, el contador. La conocimos hace unos meses y Johan se ha enamorado de ella.

—¿Y ella de él?

—Desde el momento que está aquí, el sentimiento debe ser mutuo.

—¿Estás de acuerdo con que haya elegido a una chica

de la ciudad sobre una de las buenas hijas de los colonos?

—Sancia tiene muchas cualidades. Ya verás.

—¿Qué clase de nombre es ese?

—Español. Aunque nació en Sudamérica. En Buenos Aires.

—Un ave exótica.

—Bueno... —dijo Jeremiah, sin poder contener una sonrisa. "Si de pájaros habláramos, vieja arpía", se sorprendió pensando—. Es Johan quien tiene que juzgar eso, ¿no lo crees, Marian?

A la mañana siguiente, Jeremiah DeGroot fue en busca de Sancia y la encontró charlando con Marian en medio del jardín. La viuda Lipz comía de la mano de la muchacha como un ave bien entrenada. Jeremiah se felicitó a sí mismo mientras reprimía una carcajada. Ahora sólo faltaba que Johan hablara lo suficiente como para que Sancia aceptara casarse con él. Y eso le parecía una de esas tareas que se encomendaban a los héroes de épocas míticas.

—¿Todo bien con la viuda Lipz?

—Es una mujer muy entrometida —dijo Sancia.

—Amén a eso.

La primera vez que Sancia vio a Wilhelm, éste atravesaba el camino empujando una carretilla repleta de herramientas. Llevaba un pantalón raído y sucio que le quedaba holgado pero corto, una camisa arremangada hasta arriba del codo y un sombrero de ala ancha que le cubría medio rostro a pesar de un par de notorios agujeros. Cuando Jeremiah lo llamó, Wilhelm dejó la carretilla, se irguió hasta alcanzar casi los dos metros de altura y se quitó el sombrero liberando una pelambrera hirsuta y salvaje que se mezcló con la desprolija barba de varias semanas.

Instintivamente, Sancia echó el cuerpo hacia atrás. Había algo de bestial en la mirada que le dirigió el hombretón.

—Es mi segundo hijo, Wilhelm. Muchacho, saluda a la señorita Sancia.

El gigantón masculló algo (Sancia quiso pensar que le había dado los buenos días), se puso el sombrero y retomó el trabajo.

—Es un poco lerdo pero inofensivo —dijo Jeremiah.

Sancia lo vio alejarse, notando la gruesa musculatura de los brazos y la tensión que soportaban las costuras de la camisa sobre aquellas espaldas hercúleas. "Es una bestia de carga", pensó, "un salvaje". La historia de Kaspar Hauser regresó a su mente. También la de Mowgli, ese personaje criado por animales. Había tenido el gusto de conocer al autor en Sudáfrica. Su padre y Kipling habían charlado sobre la India y ella había escuchado arrobada, hasta que el sueño la había ganado sobre un sillón del hall del hotel. A la mañana siguiente, su padre le compró varios libros de Mr. Kipling y ella los leyó con avidez. Pero esas eran otras épocas, otra vida, un sueño.

Si eran tan ricos como Freddy pregonaba, nada en la casa lo indicaba. Las habitaciones eran amplias pero austeras (frugales hasta la desnudez) de muebles: sin adornos, ni cortinas. Mucho menos alfombras. Sancia estudió los gastados pisos de madera, con marcas profundas como si una manada de gatos furiosos hubiera tenido importantes discusiones entre aquellas paredes. Las ventanas tenían postigos de madera sin pintar; las inclemencias los habían tornado negros con líneas grisáceas de hongos. Media docena de estantes y un par de armarios bajos amontonaban los enseres de la casa. Había una rusticidad práctica carente de todo refinamiento, como si no fuera necesaria otra cosa más que la utilidad del objeto.

A pesar de que las ventanas eran pequeñas, estaban bien dispuestas y las habitaciones disfrutaban de óptima ventilación. El lugar olía a madera, al humo de la chimenea y un poco a pollo asado.

No había crucifijos ni enseres religiosos salvo un atril con una biblia de tapas negras en una mesa junto a un sillón; no había otros objetos de culto.

Jeremiah le pidió que esperara en la sala (o la habitación que tenía cuatro sillones, un escabel y la mesa en la que estaba el atril). Sancia se quedó observando el suelo. Lo habían barrido pero no estaba limpio. Pensó que necesitaba una buena fregada con un cepillo de acero.

—Buenos días —dijo un muchacho de oscuros cabellos lacios—. ¿Quién eres, preciosa? Conozco a todas las chicas de por aquí y puedo decir que no eres una de las toscas hijas de estos palurdos.

—Buenos días. No, no lo soy —dijo Sancia, alzando la cabeza.

—¿Entonces...?

—¿Qué? —preguntó ella, con aspereza.

No podía decir por qué pero aquel hombre no le agradaba. Había algo en la forma como la miraba. Cierta lujuria. La había visto en los ojos de Stoker el día anterior, justo antes de que tuviera que golpearlo con una carpeta y salir con toda rapidez. ¿Por qué una mujer sola se convertía en blanco de predadores? ¿Por qué creían que una mujer estaba constantemente en necesidad de un hombre?

—No me has dicho quién eres.

—¿Por qué habría de decirlo?

—Porque estás en mi casa.

—Creí que era la finca de Jeremías DeGroot. ¿Me equivoqué? —preguntó ella, alzando una ceja.

—Eres un chica lista, ¿no? Son las que más me gustan. Nos veremos pronto —dijo y, haciendo una imitación cómica de una reverencia, volvió por donde había entrado.

"Me desagrada mucho ese sujeto", pensó Sancia.

Jeremiah sostuvo a Johan cuando las rodillas le fallaron. Fue como si le descargaran un golpe de hacha por detrás. Por un momento, Johan no supo si lo que veía era una alucinación producto de la fiebre o si Sancia estaba parada en medio de la sala, con su vestido azul y el cabello recogido en un discreto moño. Cuando ella lo miró, directo a los ojos, con esos ojos insondables, Johan trató de retroceder pero su padre lo retuvo. Entonces comprendió que sus mentiras (no, mentiras era una palabra demasiado fuerte, mejor decir: verdades a medias) se habían descubierto y estaba expuesto a ellos. Se dio por vencido. Por mucho que quisiera escapar al destino, éste se imponía.

Ella se acercó (olía a violetas) y, aferrándolo del brazo, lo ayudó a llegar hasta el sillón más cercano. Johan notó que era pequeña, de aspecto frágil, ni siquiera le llegaba al hombro, pero la fuerza de ella lo invadió, le llenó el cuerpo, como si hasta ese momento hubiera sido un recipiente vacío, hueco, un pozo sin fondo por el que todo lo bueno se hundía en una oscuridad devoradora.

Jeremiah, como educado anfitrión, dijo que iría a preparar café. Una burda excusa para dejarlos solos.

Ella se sentó en el sillón frente a él. La observó alisarse una imaginaria arruga en la falda. Luego, se quedaron mirándose en silencio. Él todavía sin poder creer lo que ocurría. Ella, tan tranquila como cuando leía en la biblioteca, con la luz enredándosele en los cabellos. Fue en ese profundo silencio que la vergüenza de sus actos (o mejor dicho de sus omisiones) atravesó su comprensión. Su padre había descubierto su mentira y si ella estaba allí era porque Jeremiah había ido en su busca y se lo había contado. Johan bajó los ojos, cerró los brazos sobre su estómago y se dobló hacia delante como si un animal le mordiera las entrañas desde dentro. Fue tan grande el bochorno, la vergüenza, que casi no le quedó lugar para el aire. Cerró los ojos y deseó morir en ese instante.

La mano de Sancia, la pequeña mano suave y tibia, tan firme, tan segura, se posó sobre uno de sus puños. El delicado pulgar recorrió los nudillos blancos y tensos.

—Johan.

El cuerpo del hombre se contrajo más aún. Ella apoyó la mano sobre la mejilla ardiente, febril. Se quedó quieta, sin alejarse, sin moverse. Él fue alzando la cabeza hasta mirarla de frente, tan cerca que podía ver, en el dibujo asombroso de sus pupilas, su reflejo diminuto. Una película acuosa le nubló la vista. Ella le secó las lágrimas con los dedos.

Johan estiró las manos y aferró la otra mano de Sancia. Estaba decidido a no soltarla jamás, sin importar lo que pasara, sin importarle lo que debiera sacrificar para tenerla junto a él. Abrió la boca pero no salieron palabras. Había nacido sin el don de la palabra. Dejó que sus ojos hablaran por él. Se llevó la mano de ella a los labios y besó la palma, asombrándose de su propia audacia. Ella sonrió.

Ninguno de los dos notó a Wilhelm observando desde el otro lado de la ventana.

Sancia no dijo mucho de lo que había ocurrido aquel fin de semana a los Dull, guardó un emperrado silencio incluso cuando Ana la acorraló en la escalera, casi implorándole que le relatara lo ocurrido. Tampoco escribió sobre ello en su diario. Hizo una críptica anotación después de varios días de silencio.

"He decidido casarme con Johan".

Y así lo hizo dos meses después.

7

La camioneta con el logo de la constructora se detiene frente a la puerta de entrada. Un hombre alto sale de la cabina. Lo observo por la ventana, sin soltar mi taza de té. He decidido dejar el café unos días. Demasiada cafeína para mi pobre sistema nervioso. Apenas he podido dormir las últimas noches y me siento agotada y malhumorada la mayor parte del día. Pero no he perdido el tiempo, he estado leyendo y tomando notas. Eso me relaja un poco. De vez en cuando, escribo algo: ideas, pequeños diálogos, algún trozo de argumento.

El recién llegado mira el cielo: otro día gris, de un color plomizo azulado. La tormenta es inminente. El sujeto tiene unas mandíbulas cuadradas y poderosas, la nariz un poco torcida como si se la hubiera quebrado, el cabello corto y alborotado. Va hacia la parte de atrás de la camioneta. Hay unas lonas cubriendo algo. Se toma su tiempo desatando cuerdas. Llevo la taza al fregadero: no me gusta que la cocina esté desordenada. Regreso a la ventana. El hombre ha bajado un par de cajas y las está apilando junto a la puerta de ingreso. Hace frío pero sólo lleva una camisa de trabajo gris con el logo de la constructora en la espalda. Supongo que voy a soñar el resto de mi vida con esas letras amarillas y naranjas. El hombre regresa a la cabina, toma una planilla y se acerca a la puerta. ¿Y ahora qué?

—Buenos días. Soy Sven Kovacs. Le traigo un grupo electrógeno. Hay alerta meteorológica y el arquitecto Labrett teme que pueda quedarse sin electricidad. Se quitaron varios postes y los que quedaron son muy endebles —dice y señala hacia atrás.

—Supongo que sí —digo, dando un paso fuera de la casa y cerrando la puerta detrás de mí. Me ha costado bastante caldear el ambiente con este clima de mierda.

—Instalaré esto en el garaje y le enseñaré cómo usarlo. Le dará unas seis horas. Le dejaré mi número de teléfono. Si tiene algún problema, me llama a la hora que sea. ¿Entendido? Firme aquí y se lo instalaré en el garaje.

Me tiende una planilla que leo a medias. No dice mucho. Tampoco me interesa. El hombre se queda mirándome.

—¿Puede abrirme el garaje?

Mi pequeño auto eléctrico parece un juguete abandonado dentro de aquel enorme cubículo rectangular diseñado para los Ford y Oldsmobile. Kovacs dice que instalará el aparato en un rincón y que no me molestará para sacar y meter el coche. Le echa una mirada despectiva. Supongo que alguien como él no entraría. Le quedaría como un casco o un saco mal ajustado. Además, ese tipo de machos necesitan camionetas grandes para demostrar su hombría: cuánto más grande, poderosa y contaminante, mejor.

—Le avisaré cuando termine —dice.

Entro a la casa y cierro la puerta con cerrojo; lo hago instintivamente, sin pensar. Me doy cuenta de lo que he hecho, me encojo de hombros y me pongo a lavar la taza sucia que está en el fregadero. Miro el reloj sobre la heladera. En un par de horas llegarán la enfermera y el médico. Deberé informarles: hemos pasado una buena noche, ha estado tranquila. Eso es bastante.

No quiero encender la radio ni el televisor. Quiero sentarme a leer en paz. Cuando llegue la enfermera, iré al supermercado, a la farmacia, a la oficina de mi editora. Anoche hablamos por teléfono y no está muy convencida con la historia de Sancia.

—¿Desde cuándo escribes novelas románticas? —había preguntado Georgina, con su acento norteño.

—No podría encasillarla dentro de ese género —le había respondido en forma enigmática.

—La novela romántica tiene sus reglas y sus seguidoras son muy fieles a esas características.

—Ya te he dicho que no voy a incursionar en la novela rosa. Detesto el rosa. Siempre lo detesté. Creo que no he tenido una sola prenda rosa en mi vida.

Georgina se había reído y había dicho que iba a hacerme un lugar en su agenda para almorzar juntas y discutir sobre la historia. Sé que tendré que escuchar su diatriba sobre lo difícil que está el negocio editorial y que no debería alejarme de mi fuerte que es la novela histórica y cosas por el estilo. Ya fue difícil convencerla de que me diera unos meses sabáticos para ordenar ese dichoso grupo de ensayos que llevo años tratando de publicar. Me preguntará por qué quiero contar la historia de Sancia. Una pregunta que embotella todos los problemas.

Suena el timbre arrastrándome fuera de mis pensamientos. Miro el reloj: es temprano para la enfermera. Debe ser ese Sven Kovacs que ya ha terminado. Por suerte ha sido rápido. Dejo el libro a un lado: El mito del eterno retorno de Mircea Eliade. La verdad es que se me está haciendo eterno lograr terminarlo. "...todo sacrificio repite el sacrificio inicial y coincide con él..." Tengo que repensar eso.

Abro la puerta. Hay una mujer del otro lado del umbral. Tiene un abrigo de paño negro, botas altas de tacón bajo y un gorro de lana encajado hasta las cejas. Lleva una mochila de buena hechura aunque no costosa y una bolsa de una tienda de ropa masculina colgando del brazo.

—Soy Raquel —dice.

Momento anticlímax por excelencia. ¿Qué debo hacer? ¿Dejarla pasar? No puedo soportar una escena de celos o algo peor en esta casa, con mi madre muriendo en la otra habitación.

—Solo quiero hablar con usted unos minutos —dice al ver mi indecisión.

—Mi madre...

—Sí, lo sé. No le tomaré mucho tiempo y hablaré en voz baja.

No me quedan excusas. Abro la puerta de par en par y la dejo pasar. La veo mirar en derredor: la vitrina de bibelots que mi madre ha coleccionado desde su niñez le llama la atención. Se acerca.

—Tuve de esas figuritas de hadas cuando era chica —dice.

Me he quedado junto a la puerta tratando de decidir si voy a ofrecerle café o un vaso de agua. Luego, decido que no haré ninguna de las dos cosas: no es una visita social. Le ofrezco café, por educación. Ella lo rechaza pero veo que no lo hace con convicción. Le digo que lo serviré igual, por si se arrepiente, que puede acompañarme a la cocina (como si fuésemos amigas). Se queda junto a la puerta vaivén mientras sirvo dos tazas grandes. Eso de los pocillos chicos no va conmigo.

—Es una casa muy linda. Es una pena que vayan a derribarla.

—Era un barrio muy lindo hasta que se quemó la oficina de correos en 1976. Nunca la reconstruyeron. Parecía un muñón monstruoso. Daba feo aspecto.

—He leído un par de sus libros. Me gustaron mucho.

—¿Cuáles?

—"La última cautiva" e "Ifigenia en Troya". El de Ifigenia me pareció muy original.

—Gracias. ¿Pasamos a la sala o lo tomamos acá?

—Acá está bien. Las cocinas son más acogedoras —dice.

Un instante de silencio mientras coloco las tazas una frente a la otra y Raquel se acomoda. Tardo unos segundos en reconocer en ella a la mujer de las fotos que Alex me había mostrado al principio. Ahora parece más gastada, deslucida, menos glamorosa de lo que yo la recordaba.

Pone la bolsa de la tienda sobre la mesa y la golpea con el dedo índice.

—Usted le regaló una bufanda para su cumpleaños —dice y empuja la bolsa hacia mí—. Alex no escondió la bolsa. La encontré y fui a la tienda. Dije que quería cambiarla, que a mi esposo no le había gustado el color. También pedí que me dieran una copia del comprobante de la tarjeta porque lo había perdido y lo necesitaba para mi contador. No hubo problemas. En ella estaba su nombre y su dirección. Antes de venir quise saber qué tipo de persona era usted.

—¿A qué conclusión llegó?

—Que es una buena escritora y es muy apreciada por ello. Que está aquí cuidando de su madre y que no le fue fácil lograr que la constructora accediera a sus pedidos. ¿Sabe que tiene a media ciudad hablando de usted a causa de eso?

—No lo sabía.

—La admiro. No tiene miedo. Yo siempre fui un poco miedosa. Estar sola y afrontarlo todo no es para mí.

—¿Lo dice por Alex?

—En parte —alza la taza y toma un sorbo de café—. Está muy bueno. ¿Colombiano?

—Etíope —respondo.

—Un sabor muy interesante —bebe otro sorbo—. Pero, aún así, con todas sus buenas cualidades, deja que le mientan. Alex le ha mentido desde el primer día.

—Siempre supe que era un hombre casado y con un hijo... con problemas.

—Eso es el sustrato de verdad que necesita cualquier buena mentira. Alex no es tonto. Sabía que usted podría averiguar eso. Le mintió diciéndole que yo vivía en una gran casa, que me daba la gran vida y que nuestro hijo tendría una vida corta. Mire —dice y abre la mochila que está bastante gastada en la zona del cierre. Saca un sobre con fotos que desparrama sobre la mesa—, esta casa era de mi hermana antes de irse a Australia. Vivía en un barrio privado, con todos los lujos y nosotros íbamos a pasar algunos fines de semana con ella. Nuestro hijo necesitará cuidados toda su vida pero no depende tanto de nosotros como Alex seguramente le hizo creer. Trabajo como fonoaudióloga y no nos sobra el dinero pero tampoco nos falta. Alex necesita mentir para soportar la culpa.

Me quedo mirando las fotos. Son las mismas que Alex me mostró. Sólo el contexto es diferente.

—¿Cómo sé que no es usted la que está mintiendo?

—Buena pregunta. Le daré la dirección de mi casa, de mi trabajo, la de la escuela de mi hijo. Si quiere, también le daré la dirección de las otras amantes que Alex tuvo. No fueron muchas. Usted es la tercera. Con las otras no me preocupé. Apenas duraron un par de meses. Pero, con usted...

—Dos años.

—Veinte meses para ser exactos —dice—. Fueron muy discretos. Se lo agradezco.

—¿Vino a decirme esto para que lo deje?

Se encoge de hombros. Junta las fotos y las guarda. Tiene manos bonitas, largas y delicadas. Bebe el último sorbo de café y se pone en pie.

—Yo no soy su conciencia. Haga lo que le parezca. Le juro que no volverá a verme si eso le preocupa... Se preguntará por qué estoy acá si no es para rogarle que lo deje, ¿no? Es que me molesta que me hiciera pasar por la mala de la película, nada más. No me gusta bajo la luz en la que me hace aparecer.

—Si yo quisiera seguir con él, ¿usted no hará una escena ni se matará?

—En absoluto. Soportaré lo que pueda. Cuando me canse, pediré el divorcio. Amo a Alex, ¿sabe? Sus infidelidades son parte de su idiosincrasia. No me mire así... No es perversidad, es amor.

La acompaño hasta la puerta. Ella me agradece el café y me pregunta si estoy trabajando en un nuevo libro. Le digo que sí. Sonríe y se va perdiéndose en el día gris como si se esfumara en el aire. Me he quedado en la puerta, como atontada. Me doy cuenta que tengo las manos y los pies helados. En realidad, mi cuerpo entero ha perdido el calor.

Voy hasta el garaje y observo a Kovacs renegar con el dichoso motor que parece ahogado. Toma una llave de tuercas y ajusta algo: aquí y allá. Suelta una maldición. Ajusta otra cosa. Otra maldición. Se da vuelta y me ve.

—Ya terminé —dice—. Le enseñaré a usarlo. Acérquese.

Avanzo y entro en el círculo de luz que proyecta la lámpara del techo. Sven Kovacs me mira con fijeza.

—¿Le pasó algo? Está muy pálida.

—El frío —digo.

Asiente, se inclina sobre el motor y me señala el botón de encendido.

8

La boda se realizó en el salón comunal que estrenaba techo. Ana la describiría como demasiado sencilla porque carecía del boato rimbombante, el mar de flores y las coloridas vestimentas de las bodas a las que solía asistir. Estuvieron presentes los representantes de las familias fundadoras de la colonia, también los de las familias que formaban el Consejo a modo de testigos, los Dull (con sus dos inquietos hijos y la criada que los aferró de las manos durante la ceremonia para que no corretearan entre los contrayentes), el señor Rosetti (que se enjugó un par de lágrimas y dijo a quien lo quisiera escuchar que había perdido a una empleada dedicada como no conseguiría otra) y el doctor Brühl que se asombraba del cambio operado en Johan (como por arte de magia). Ana fue la madrina y Jeremiah, el padrino. Se firmaron las correspondientes actas civiles y fueron a la finca de los DeGroot donde les esperaba un opíparo almuerzo.

Marian Lipz, su hija mayor, dos de sus criadas y otras tres damas de la colonia trataron de arreglar la casa lo suficiente como para que perdiera el aire lúgubre y siniestro que las granjas en general, pero especialmente aquella que carecía del toque femenino, adquirían durante el invierno. Colocaron carpetas tejidas sobre los muebles, almohadones bordados en los sillones y suficiente cantidad de sillas para todos los invitados. Incluso alguien recordó cortar algunas ramas de romero y decorarlas con cintas blancas para darle un aire más festivo a un par de rincones.

Hubo lechones asados con adobo de salsa picante, pollos de piel crujiente para los niños, panes de leche y tantos escabeches y encurtidos como familias fueron invitadas. Cada mujer preparó alguna de sus especialidades y hubo pastel de queso y arándanos, tarta de ricota con mermelada de naranjas amargas, bollos de miel, buñuelos de jengibre, finísimos crepes y merengues cocidos. Ana probó de todo y las costuras de su vestido rechinaron de gusto.

Los novios recibieron los tradicionales sobres con dinero y Marian Lipz les obsequió un magnífico juego de sábanas bordadas además de una jofaina de azul porcelana de Delft. Jeremiah había mandado a traer desde la ciudad muebles para la habitación de los recién casados, entre ellos: una ostentosa y sólida cama matrimonial, con dosel, (una verdadera antigualla que había sido bien lustrada y provista de etéreas cortinas de encaje dando un toque de anticuada nobleza) que casi ocupaba el cuarto entero.

Finnbar tocó el acordeón y uno de sus amigos lo acompañó con el violín y los más jóvenes bailaron en el pasillo mientras los niños subían y bajaban por las escaleras liderados por los mellizos Dull.

En mitad de la fiesta, Sancia notó que Wilhelm no estaba a la mesa. Se lo dijo a Jeremiah y éste le respondió que no se preocupara, que no le agradaba la gente y seguramente estaba comiendo en la cocina. Sancia, personalmente, le llevó una porción del pastel de bodas que Freddy había encargado en una de las más finas pastelerías de la ciudad. La cobertura era blanca con pequeñas rosas rosadas y zarcillos verdes de azúcar y caramelo. Wilhelm gruñó algo desde detrás de la pelambrera y siguió devorando el trozo de cerdo con las manos. Tenía la barba sucia de grasa.

A las cuatro de la tarde, tras un último brindis (con un buen oporto servido en diminutas copas) por la salud de los flamantes esposos, los invitados se despidieron. Incluso Finnbar se fue con un par de muchachos para seguir festejando por su cuenta. (Se escabullían a beber y a aterrorizar a las criadas de las granjas más pequeñas río abajo). La casa recuperó el silencio. Todos, incluso Wilhelm, se avocaron a poner un poco de orden, al menos lo suficiente como para despejar el paso. Las criadas contratadas terminaron de lavar y guardar la vajilla antes de irse a sus casas.

—Me sentaré a fumar mi pipa —dijo Jeremiah—. Necesito un poco de tranquilidad para poder reponerme de tanto ajetreo.

Era noche cerrada cuando los recién casados entraron a su cuarto y se quedaron de pie frente a la descomunal cama. Sancia deslizó las manos por el tallado de flores y hojas de las columnas que sostenían el dosel. Hubo de reconocer que era una artesanía exquisita y seguramente, su suegro habría pagado una bonita suma por aquella antigüedad.

—Ha sido un largo día. Debes de estar cansada —dijo Johan, hundiendo las manos en los bolsillos del pantalón—. Durmamos.

—Sí, Johan, estoy un poco cansada —dijo ella, sin demostrar asombro.

Sancia se alejó de la cama, se acercó a la cómoda y abrió uno de los cajones superiores. Sacó el fino camisón de batista bordada que su hermana le había regalado y fue desprendiéndose del vestido de novia (un vestido sencillo según las costumbres de los colonos, con unos delicados bordados en las mangas y en el ruedo).

Se quitó también la cadena y el relicario con la diosa Rati, que había mantenido cubierto, contra la piel. Desde que se había levantado y a lo largo del día, había tratado de imaginar cómo hubiera sido su boda con Devdan, en la remota India. Imaginó el colorido festín, la música, las flores, tan diferente a aquel lugar casi monocromático que era la colonia. Guardó la cadena en un precioso joyero de porcelana que había comprado en la ciudad con la decisión de no volver a llevarlo al cuello. Al quitárselo tuvo la sensación que estaba más desnuda que nunca antes. Expuesta. Abierta en dos. Volcó una poco de agua en la jofaina y se lavó las manos y el rostro. Miró de reojo a Johan que estaba sentado muy erguido al borde de la cama, de cara hacia la pared del lado opuesto de la habitación. No había empezado a desvestirse, ni siquiera se había aflojado el fino lazo negro que oficiaba de corbatín. Decidió darle un poco más de tiempo.

Sancia se acercó a la cómoda, tomó el cepillo que su padre le había comprado en San Petersburgo y comenzó a peinarse con lenta sensualidad: mechón por mechón, como si el tiempo fuera elástico, eterno.

Cuando se volvió (en mitad de la operación), Johan seguía en la misma posición. La tensión en los hombros y cuello del hombre era visible aún con aquella luz amarillenta que multiplicaba las sombras. Sancia sacudió la cabeza, sonrió y se metió en la cama.

—Buenas noches, Johan —dijo.

—Buenas noches, Sancia.

El hombre apagó la luz y en la oscuridad comenzó a desvestirse. Un par de minutos después, la cama recibió su peso. Sancia lo adivinó junto a ella, estirado cuan largo era, boca arriba, indagando las formas de la negrura en el dosel. Ella se hubiera reído a carcajadas. Pero no lo hizo. Sólo estiró la mano y la apoyó sobre la del hombre, su esposo. Y la dejó ahí hasta que le sorprendió el sueño.

Cuando Johan sintió el cambio en la respiración de ella, movió la cabeza con lentitud y observó el rostro de la mujer amada, de la mujer que era su esposa.

La mañana encontró a Sancia en una cama solitaria. Decidió no pensar en lo que había ocurrido. Mejor dicho, en lo que no había ocurrido.

Se vistió con uno de sus viejos vestidos de oficina (práctico y de tela resistente), tomó su anotador y un lápiz y bajó a iniciar la transformación de la casa (después de una taza de café). Jeremiah le había pedido que hiciera de aquella leonera un hogar y eso iba a hacer. Decidió que lo primero en modificar sería el corazón de la casa: la cocina.

Gertha le preparó una enorme taza de café. Sancia notó los platos desportillados, las tazas sin asas, la mesa sin mantel, la ventana sin cortinas, el olor a humo, las telarañas en los rincones.

—Si usted va a ocuparse de la cocina, Gertha —dijo—, voy a necesitar otra muchacha que se ocupe del resto de la casa. El lugar necesita una profunda limpieza. ¿Conoce a alguien que pueda recibir media docena de órdenes sin equivocarlas?

Así llegó Hannah a la casa: una chica dientuda, delgada como una escoba, más tonta que una oveja pero que guardaba en su poco agraciada figura, un odio acérrimo a la mugre, a las ratas y a los perros. Con Hannah llegó también Pietro, un gato que obedecía ciegamente a Sancia y que despejó el lugar de múridos y palomas.

La casa con lentitud fue adquiriendo el confort de un hogar: sufridas alfombras para los pisos inferiores y más costosas y elegantes para los superiores, tres espejos (porque se condenaba la vanidad pero eran necesarios para peinarse y afeitarse), almohadones bordados por monjas de un convento cercano que envió Ana, dos tinas de baño enlozadas, mejores cañerías de agua, una caldera, cloacas efectivas, una biblioteca con los ciento cincuenta y tres libros que Sancia había heredado de su padre, un jardín con rosales y bancos de piedra. Las alacenas se llenaron de confituras, escabeches y conservas. El huerto fue el mejor de la zona y Marian Lipz recibió encantada una gran canasta de membrillos que Sancia le envió. Cada pequeño cambio, cada logro o fracaso, quedó registrado en el diario de Sancia.

Aquella mañana mientras inspeccionaba las alacenas y planeaba las comidas de la semana (cada lunes dejaba una lista para Gertha), vio por la ventana a Wilhelm y a Finnbar. La diferencia entre ambos resultaba apabullante.

Finnbar era un joven hombre de innegable atractivo natural y cuidaba bastante su aspecto. Se afeitaba cada mañana aunque no tuviera que salir de la granja y cada dos meses iba a que le cortaran el cabello, que si bien usaba un poco largo, no iba desprolijo. Sancia había sorprendido las miradas que Hannah le echaba cuando

Finnbar entraba a la casa, con su paso elástico y su andar de predador. Porque eso era. Sancia no se engañaba. Pero sabía también que era astuto y que no se metía en líos con las hijas de los colonos. Todas las semanas iba a alguno de los pueblos de los alrededores (con sus amigotes) y visitaban los burdeles. Gertha se lo había comentado. Sancia había respondido que Finnbar era muy dueño de hacerlo, no tenía esposa y podía gastar su dinero como le viniese en ganas.

Finnbar la tenía sin cuidado. Ni siquiera le regalaba dos pensamientos seguidos. Pero Wilhelm, sí era una preocupación.

En las tres semanas que Sancia llevaba viviendo con ellos, jamás le había dirigido la palabra primero. Ni siquiera le daba los buenos días antes que ella lo hiciera. Sus contestaciones eran gruñidos que había que interpretar como monosílabos o a lo sumo un "gracias". Trabajaba del alba hasta entrada la noche y, salvo los domingos, no se sentaba a la mesa con ellos. Prefería comer solo en la cocina, cuando sintiera hambre (a deshoras de los demás). Así que no era nada raro verlo en su rincón comiendo un trozo de carne asada que había sobrado del mediodía a eso de las tres de la tarde. Se bañaba cada día en el arroyo, fuera invierno o verano. Y de vez en cuando, se daba unos sañudos tijeretazos en la pelambrera y la barba que más de una vez quedaba chueca.

La ropa era un tema aparte. Salvo un traje y una camisa que usaba los domingos (por imposición paterna) vestía unas holgadas ropas de trabajo y mamelucos de tela burda. Hannah hervía la ropa para sacarle las manchas de resina, brea o aceite pero no lo conseguía del todo. Y aunque acabara de ponerse prendas limpias, siempre tenía un aspecto sucio y descuidado.

Por eso, aquel día Sancia dejó su dichosa libreta de anotaciones sobre la mesa de la cocina y decidió hacer algo al respecto.

Johan vio a su esposa (que llevaba una caja) seguida de Hannah (cargando dos cubos de agua) y Gertha (con una silla, un par de cacharros y unas toallas sobre los hombros) acercándose al granero. Jeremiah asomó la cabeza del motor del camión que estaba tratando de arreglar y sonrió. Sacó su pipa y comenzó a limpiarla con pasmosa lentitud.

—Wilhelm —llamó Sancia y aunque no alzó la voz más de lo normal, su voz retumbó por el lugar.

El greñudo salió del cobertizo cargando una pala y un pico. Tenía un aspecto atemorizante que hizo que Hannah retrocediera un par de pasos y Gertha alzara la silla frente a ella, como quien intenta alejar un león.

—Siéntate, por favor —dijo Sancia.

Wilhelm observó a cada una de las mujeres y, dejando caer las herramientas, obedeció. La silla crujió bajo su peso. Cuando vieron que Wilhelm se comportaba como un cachorrillo complaciente, las mujeres regresaron a sus tareas habituales, dejando a Sancia ocupándose de quitar tanto pelambrera como barba. Mientras trabajaba lavando, cortando y peinando, pasando la navaja de barbero de su padre y descubriendo facciones ocultas, Sancia comenzó una costumbre que repetiría hasta su muerte: contar historias.

La primera historia que contó fue la de Aladino. Una historia con suficiente sabor, exótica y entretenida, a la que no le hizo falta agregar nada. Sancia se convirtió en una moderna Scheherezade, que usaba sus historias como los hipnotistas sus manos.

—Listo —dijo Sancia, sonriendo.

Wilhelm no se movió. Se quedó un buen rato sentado, como atontado, con los ojos fijos en su reflejo en el agua. La carcajada de Finnbar lo hizo saltar sobre sus dos piernas y cerrar los puños. Pero Sancia se apuró a estirar la mano y aferrándolo por la gruesa muñeca dijo en un susurro:

—No vale la pena, Wil.

Desde ese momento, Wilhelm se sentó a la mesa cada noche, dejó que Sancia (y sólo Sancia) le cortara el cabello una vez por mes, se afeitó cada dos días y se preocupó de verse menos desprolijo.

Marian Lipz, en una de sus visitas, casi se desmaya de la impresión al verlo y comentó a Jeremiah que debería buscarle esposa.

Pero aquel inocente acto de Sancia trajo más de una consecuencia.

La inmediata fue una discusión con Johan esa misma noche: la primera y la única discusión que tuvieron durante su matrimonio.

Mientras se cepillaba el cabello, como todas las noches, de pie frente a la cómoda, observando su reflejo en el espejo de marco dorado que no había podido dejar de comprar, Sancia escuchó el ir y venir de Johan por la habitación. Algo lo molestaba y no necesitó pensar mucho para dar con el motivo. Pero no hizo mención alguna ni abrió la boca para decir palabra. Tomó cada mechón entre sus dedos y lo deslizó una y otra y otra vez por las cerdas del cepillo. Tal vez se demoró un poco a propósito, esperando que su esposo abriera fuego primero.

Cuando dejó de peinarse y se volvió para abrir la cama, encontró a Johan de pie en el lado opuesto, con las manos metidas en los bolsillos y los ojos clavados en ella como si quisiera atravesarla.

Sancia se sorprendió pensando que tanto Jeremiah, Johan y Wilhelm tenían ojos azules pero de distintos tonos de azul. Los de su esposo eran pálidos cristales de hielo. Los de su suegro tenían un toque de verde y los de Wilhelm eran de un azul límpido y puro.

—No quiero que vuelvas a hacerlo. No está bien.

—¿Hacer, qué?

—Lo que hiciste con Wilhelm.

—¿Cortarle el pelo? —preguntó ella.

—Fue algo demasiado... —dijo y quedó trabado en la mitad de la frase— íntimo.

—Eso es una tontería. Solía cortarle el cabello a mi padre. A veces, antes de alguna conferencia, lo veía desprolijo y...

—Era tu padre. Yo soy tu marido.

La cama entre ambos se tornó más ancha, más pesada, más monstruosa. Sancia no quiso herirlo pero no fue dueña de sus palabras. Brotaron desde tan adentro suyo que ella misma se asustó al oírse.

—No, no lo eres.

El rostro de Johan adquirió un súbito color ceniciento. Se le desencajó la mandíbula, retrocedió un paso y esquivó la mirada de Sancia. Los brazos le cayeron a los lados del cuerpo. Movió la cabeza de un lado al otro como si buscara algo con la vista, algo que no estaba allí ni en ninguna otra parte. Johan le dio la espalda, rehuyendo la mirada y trató de sentarse en el borde de la cama pero calculó mal y cayó al piso, con las piernas estiradas y la cabeza derrumbada sobre el pecho, como un muñeco repentinamente desarticulado.

El cuadro era lamentable.

Por unos segundos, Sancia sintió desprecio hacia Johan, un desprecio sutil y venenoso pero lo apartó de sí con toda su fuerza de voluntad. Hubiera podido gritarle muchas cosas, ofenderlo de una forma tan profunda que no hubiera necesitado un cuchillo para matarlo. Ella se sabía poseedora de ese poder.

Sancia cerró los ojos, aspiró con fuerza y trató de calmarse. Debía recuperar la calma, la sangre fría. Se envolvió en su mantón de lana y salió de la habitación hacia la cocina. El contacto conocido, suave y cálido del tejido la tranquilizó un poco. Recordaba que lo había comprado en un pueblo de Escocia pero no recordaba el nombre, sólo que llovía y su padre olía a cerveza. Consideró que se serviría un vaso de agua o de leche o de lo que pudiera encontrar (aunque dudaba mucho que hubiera jerez o brandy por allí) y dejaría que los minutos pasaran hasta que volviera a ser ella misma, otra vez al mando de la situación.

—¿Por qué estás vagando por la casa a estas horas? —dijo Finnbar, apareciendo en la cocina desde el lado de la despensa.

La mujer estuvo a punto de derramar el vaso de leche

recién servido. Dejó la jarra con cuidado y tuvo que controlar el involuntario temblor de sus manos.

Sancia pudo percibir el olor a ginebra incluso a esa distancia. El aspecto de Finnbar la asustó. Había en él algo preocupante, algo que la hacía mantenerse en alerta, al borde de la silla, como decía su padre. Y no era el simple hecho de que estuviera bebido. Más de una vez su padre se había pasado de copas y ella se había limitado a guiarlo hacia la cama sin contradecirlo, incluso dándole la razón en las tonterías propias de beodos.

—¿Por qué no estás en la cama con Johan? ¿O estás acá preguntándote por qué tu esposo no hace lo que debiera hacer todo esposo con una mujercita tan linda como tú?

—Basta, Finnbar. Estás borracho.

Se escuchó a sí misma sonar clara y levemente autoritaria. No sabía bien por qué pero no estaba dispuesta a ceder con aquel mequetrefe. Se irguió, echando los hombros hacia atrás y alzando la cabeza. Miró a Finnbar directo a los ojos y se mantuvo en la misma baldosa.

—No lo suficiente, hermosa. Puedo beber mucho más que un botella de ginebra antes de caer al suelo —dijo él y se tambaleó un poco hacia delante—. Aún borracho perdido soy más hombre que Johan. ¿Es que no te has preguntado qué pasa con tu esposo? ¿No tienes curiosidad?

—Todo está bien con Johan.

—No, no. No puedes mentir. Si mientes, te vas a ir derecho al infierno —dijo, riendo y, alzando el índice, comenzó a moverlo de un lado al otro—. Las buenas niñas no mienten. Lo dice la Biblia. ¿Es que no lees el buen libro como debieras? Eso está muy mal. Muy pero muy mal...

Sancia avanzó a buen paso hacia el otro lado de la cocina, tratando de escapar sin correr ni demostrar miedo, pero Finnbar se adelantó para interponerse. Derribó una silla y aferró a Sancia por el brazo. La mitad de la leche se derramó en el piso.

—¿No te has preguntado si le gustan más los muchachitos que las mujeres? Sí, se te ha pasado la idea por la cabeza. Lo veo en tus ojos. Confiésalo. Vamos, preciosa, admítelo —ordenó Finnbar, sacudiéndola y acercándose tanto que ella pudo sentir el aliento alcohólico sobre su mejilla—. Pero, quédate tranquila, los jovencitos no despiertan el interés de Johan. Nada lo hace.

"¿Cómo puede saber tanto de mí?", pensó, sorprendida de ser descubierta. Jamás admitiría que aquella primera noche de bodas la idea le había cruzado la cabeza y había pensado que Johan había engañado no sólo a su padre sino también a ella: el malestar del hombre no había sido por no animarse a hablar con ella sino por el hecho de tener que hacerlo. Por eso, aquella noche, ella lo había tomado de la mano, para demostrarle que podía confiar, que podían ser amigos.

Pero, minutos antes, esa misma noche, Johan la había sorprendido con un desplante de celos; algo que ella no hubiera esperado ni en un millón de años.

El hecho de que Finnbar la confrontara consigo misma, la hacía sentir vulnerable y era una sensación que detestaba.

—Suéltame —dijo ella, con firmeza.

—¿Qué vas a hacer? ¿Gritar? Diré que fue tu idea la de encontrarnos cuando todos duermen. Y si lo niegas diré la verdad sobre Johan. ¿Te gustaría eso? —preguntó Finnbar, sacudiéndola con fuerza.

Los dientes de la mujer entrechocaron por el sacudón. El vaso cayó de sus manos estrellándose contra el suelo y formando un charco blanco junto a ellos. Ese fue el instante en que Sancia se juró a sí misma mantenerse a distancia de Finnbar, nada bueno saldría de alguien que guardaba tanto odio y resentimiento.

—No, no te gustaría, palomita. Si dijera la verdad, ¿qué le sucedería a tu querido esposo? ¿Le tienes cariño o te da lástima? Posiblemente ambas cosas... Es bueno saberlo —dijo Finnbar, bajando la voz hasta convertirla en un susurro obsceno—. ¿Qué harías para que no lastimara a tu Johan? Piensa en él, palomita. ¿Qué sucedería con él si se supiera que no puede...

Wilhelm apareció detrás de Finnbar. Colocó su mano sobre el hombro del muchacho.

—No vuelvas a tocarla —dijo y su voz resonó cavernosa y grave por la cocina.

—¡Ah, pero ahora sí entiendo! Ustedes dos... La quieres para ti —dijo Finnbar, sin soltarla y girando a medias, entornó los ojos y susurró—: Eres una maldita zorra que...

No llegó a terminar la frase. Wilhelm descargó tal bofetada sobre el oído de Finnbar que lo atontó. Éste se tambaleó, retrocedió unos pasos y se apoyó sobre la mesa para recuperarse. La cabeza le iba de un lado al otro como si no pudiera mantenerla centrada. Wilhelm lo observaba sin expresión, sin moverse.

Sancia retrocedió hasta pegarse al fregadero, temblando, sin saber qué hacer. "Ningún movimiento. Ningún ruido", se conminó a sí misma. De pronto se supo mal ubicada, entre fuego cruzado. Sus dedos reconocieron el asa del cajón de los cubiertos. Tiró y el cajón cedió unos centímetros. Ahí dentro, sabía que se guardaban los cuchillos, incluso un tenedor le serviría para defenderse.

—Vete a dormir, Finn —dijo Wilhelm.

Fue como si lo atizaran con un hierro al rojo: Finnbar dio un salto hacia delante (como uno de aquellos tigres de Bengala que Sancia había visto en el palacio de un maharajá) y con el peso de su cuerpo, intentó descargar un puñetazo sobre la mandíbula de Wilhelm. Éste alzó el brazo izquierdo, desvió el golpe y con la mano derecha, regaló a Finnbar un segundo sopapo sobre la oreja. La cabeza de greñas negras dio contra la pared de la cocina y el muchacho cayó desmadejado al suelo.

Ambos se quedaron mirando el cuerpo apelotonado e inconsciente. Sancia observó cómo el pecho de Finnbar subía y bajaba y suspiró con alivio. Sus ojos pasaron al charco de leche y a los trozos de vidrio. Empujó el cajón para cerrarlo. El sonido de los cubiertos hizo que Wilhelm la observara.

"No es estúpido", pensó Sancia y eso la alegró. No supo por qué. Fue como si le quitaran un peso de los hombros.

Sancia comenzó a recoger los trozos de vidrio.

—Yo limpiaré —dijo Wilhelm.

—No, yo lo haré —respondió ella, sin detenerse. En verdad, necesitaba hacer algo, ocuparse en algo—. Wilhelm, no creo que Johan necesite saber lo ocurrido. Sólo le causará amargura.

Él asintió con un gruñido que hizo sonreír a Sancia. Había empezado a apreciar aquellos sonidos guturales. Wilhelm se acercó a Finnbar y lo alzó sin esfuerzo, cargándoselo al hombro, con tanta facilidad como si fuese un crío pequeño.

—Wilhelm,... gracias —dijo ella, antes que él cruzara la puerta.

—Buenas noches —respondió él.

Cuando terminó de limpiar el enchastre (estuvo un buen rato fregando el piso: el líquido se había metido entre las rendijas de las maderas del piso), subió al dormitorio y encontró que Johan estaba en la misma posición en que lo había dejado.

Por un par de segundos, se planteó seriamente la posibilidad de alejarse para siempre, dejar esa casa, esa ciudad, cambiarse de nombre e irse a las buenas de Dios, sin más que lo puesto. Le pareció que si se quedaba le tocaría afrontar un trabajo hercúleo para el cual no se sentía preparada. Antes había querido creer que casarse con Johan, un buen hombre, poco ambicioso y mucho menos demandante, era una brillante solución a su problema: una vida sin apremios económicos, en una buena casa, con una buena familia, y con tiempo de sobra para dedicarse a lo que le viniera en gana. Luego, la tentación de escapar se esfumó de la misma forma que había aparecido...

Sancia se acercó a Johan, lo tomó del brazo y lo obligó a levantarse, tironeando de él. Cuando Johan estuvo sentado sobre la cama, Sancia se arrodilló frente a él y comenzó a quitarle los zapatos mientras hablaba sin mirarlo.

—Sí, Johan, soy tu esposa, así lo he prometido, y siempre lo seré. No importa lo demás. No tiene que importarnos.

Después, con la misma resolución, sin detenerse, comenzó a desvestirlo. Él no opuso resistencia alguna. Se dejó desnudar y acostar. Se limitó a mirar el dosel sobre su cabeza como si allí estuviera contenido el secreto de todos los mundos, un punto infinito en el tejido claro y translúcido. Sancia se soltó el cabello, se quitó el camisón y se metió desnuda entre las sábanas. Apoyó su cuerpo contra el de Johan y buscó el hueco del hombro de su esposo para acomodar la cabeza.

Ella sintió los músculos tensos del hombre, el latido acelerado de su corazón, la respiración trabajosa...

—Sancia, hay algo que debo decirte.

—No es necesario. Lo sé.

Las respiraciones, el crujido de los muebles, el viento rondando la casa como un chucho desesperado por entrar, los pesados pasos de Wilhelm por el corredor poblaron la oscuridad de la habitación. Tal vez pasaron unos segundos u horas hasta que volvieron a hablar. Quietos, alertas, tensos.

—Fui egoísta —dijo Johan—. Lo soy. Te quiero para mí, Sancia. Eres lo único que he anhelado en mi vida... No pensé en lo que te quitaba.

—Yo también soy egoísta, Johan —dijo ella y apoyó la mano sobre el centro del pecho del hombre. Se permitió mover las yemas de los dedos en una corta caricia—. Todos lo somos. No te preocupes... Hay muchas formas de amar, querido. Iremos aprendiendo.

Y la casa recuperó el silencio.

9

Levantarse, ocuparse de las tareas de la mañana, de los remedios, de las máquinas, de ella. Todo me impide pensar. No quiero hacerlo ahora, no hoy, no en este instante. Pero deberé hacerlo en el futuro (lo sé muy bien). Lo evito (procrastinar es el verbo que busco). Ahora, justo ahora, no puedo lidiar con tantas cosas.

Es una de esas pocas mañanas en las que ella está bien, lúcida, tranquila. Ha pasado una buena noche. Y para más inri, el día es magnífico: el termómetro ha levantado cinco grados, hay sol entre retazos de nubes y ni rastros de la tan temida tormenta. Unos cuantos días de sol y un poco de viento y ese lodazal externo se secará.

Me pregunta si estoy escribiendo algo. La enfermera le ha ido con el chisme que me ha visto trabajando. Le digo que sí. No sirve mentirle. Si pregunta es porque ya sabe la respuesta. Sobre qué, pregunta. Sobre Sancia, ya te lo comenté hace unos días. No es un buen tema, dice y agrega con toda la firmeza que guarda en su maltrecho cuerpo: no quiero que escribas sobre ella. Podría empezar una discusión (miles de discusiones) sobre esto: siempre hemos discutido sobre la abuela Sancia; nombrarla ya era para echar todo a perder con mi madre; era ese punto candente que no debe tocarse si no se quiere iniciar un incendio de envergadura ciclópea.

—¿Estás esperando mi muerte para ventilar los trapos sucios de la familia? Tu abuela actuó mal y lo publicarás para que millones lo lean.

—¿Millones? Mi editora estaría encantada de que millones leyeran mi libro, mamá.

—¿No puedes hablar en serio? Te prohíbo...

—No, mamá, eso ya lo dejamos aclarado hace muchos años. No puedes prohibirme nada.

—No me perdonarás ni en mi lecho de muerte, ¿verdad?

—Nunca perdonaste a Sancia y su pecado fue mucho menor que el tuyo, ¿no te parece?

Gira la cabeza hacia la pared: ha dado por terminada la conversación. Ella es así: tiene que salirse con la suya, sabe dar golpes bajos, apelar a los buenos sentimientos de los demás pero, lo lamento, conmigo ya no funciona. La piel se me ha endurecido y ya no puede afectarme. Es terrible pero cierto. De nada me serviría mentirme a mí misma, ni a ella, ni desgarrarme las vestiduras simulando un sentimiento que no está donde debería estar... Poder mentirnos hubiera sido un alivio a lo largo de los años, hubiera facilitado más de una situación pero, ¿nos hubiera convertido en mejores personas?

Me aseguro de inyectar la medicación en el suero. Lo anoto en la cartilla para que la enfermera pueda controlarlo.

—No quiero verte más. Llama a tus hermanos, que vengan ellos —dice cuando estoy atravesando la puerta—. No quiero que estés un minuto más en esta casa.

Es rabia. Es odio. Es culpa. No sé qué es lo que está pasando en su cabeza en este instante. Pero he aprendido de experiencias anteriores que lo mejor es no responder, no entrar en su juego.

—¿Me escuchaste o te estás haciendo la tonta? Quiero a tus hermanos. ¡Que vengan ellos! No quiero verte más, nunca más. Has sido la peor de las hijas y me moriré diciéndolo.

Es más fuerte que yo, lo admito. Es ese vórtice que se abre y traga de un solo bocado los años de terapia, los fríos razonamientos, las lágrimas alguna vez derramadas, las promesas a mí misma. Vuelvo sobre mis pasos. Abro la puerta de par en par y dejo que mi odio también fluya. El vórtice se ha revertido y ahora escupe todo lo que ha ido tragando durante décadas.

—Tus otros hijos no quieren verte. Están lejos ocupados en sus propias vidas. No les importa lo que te suceda. Los he llamado miles de veces y ponen excusas. Los entiendo y comprenden que conmigo las disculpas no son necesarias. Pero, no te preguntas por qué será, por qué no quieren acudir a tu lado... Se cosecha lo que se siembra, eso nos enseñabas. Está en esa dichosa Biblia que leías y nos obligabas a leer. ¿Para qué? ¿Te hacía sentir bien o era tu forma retorcida de una tortura? ¿Dónde estaba la Biblia y tu dios cuando quisiste matarme? Me acuerdo, madre, me acuerdo de todo.

La furia me ciega. El demonio de la ira está suelto en la habitación. Si creyera en dioses y demonios..., pero no creo. La abuela Sancia me permitió no creer: espíritus libres y mentes hambrientas, decía. Yo era una nena chiquita cuando murió: tendría cuatro o cinco años pero la recuerdo como una fantasmal figura amable, cariñosamente autoritaria, tan inamovible como las raíces de la tierra.

Cuando Sancia murió, la familia se fue al traste. De golpe y porrazo, nos desbandamos. Yo no pude. Quedé sujeta a mamá, a su rabia y a su ira.

Me pregunto si no estaremos repitiendo una y otra vez los mismos errores. Es como una maldición que pesa sobre las mujeres de la familia: sobre Sancia, sobre mamá y sobre mí. ¿Cómo romper el círculo?

Entro a la cocina, observo el contenido de la heladera, de los anaqueles. Miro la dieta sugerida por el médico que está pegada al refrigerador. Prepararé unas verduras hervidas para hacer puré y compota de manzanas. Enciendo la radio. Está en la emisora que transmite canciones viejas, de los cincuenta y sesenta: The Skyliners cantando "Since I don´t have you". El cuchillo se me resbala y casi me rebano un dedo. Me tiemblan las rodillas. Tengo que sentarme. He escuchado esa canción cientos de veces en la versión de Guns N´Roses. Pero es ahora... Justo ahora. Es la misma cocina.

Mamá acaba de terminar de fregar los platos, enciende un cigarrillo y me mira. La más chica, la que no tendría que haber nacido pero lo hizo contra todo pronóstico, cuando sus hermanos ya son grandes y han partido a la universidad, a trabajar a otras ciudades. Diecisiete años de diferencia con el mayor. Mamá tiene un vestido floreado sin mangas y sandalias amarillas de tacón bajo. Estoy sentada a la mesa coloreando un libro: hay una casa con jardín y un par de gnomos a los que les estoy pintando los bonetes de bermellón. Me veo a mí misma: el cabello negro como la abuela Sancia (soy la única de la familia que tiene el cabello tan oscuro y ondulado), con un *jumper* celeste sobre una remera con florcitas y unas zapatillas azules. Vamos, dice mamá, tenemos que salir. ¿A dónde?, pregunto. Estoy esperando que la abuela venga a buscarme. Me prometió que me llevaría ese fin de semana con ellos, al campo. La gata del abuelo Wilhelm ha tenido seis gatitos. A mamá, la mención de Wilhelm la enoja. No comprendo por qué, es la persona más amable que conozco y yo sé que soy su preferida. Mamá me aferra del brazo y me saca a los gritos de la casa. Los lápices de colores se han caído de la mesa y quedan desparramados por el suelo. El naranja ha rodado debajo del lavaplatos. Los dedos de mamá se hunden en mi brazo y cuando nos subimos al auto, me dice que me quede quieta y callada, que si no me castigará. Sé que lo hará: le gusta hacerlo. Es un viejo Volkswagen que tarda en arrancar pero al final, nos ponemos en marcha: dobla por la calle del correo y toma la avenida. Diez minutos después, detiene el auto y me dice que me quede en el asiento trasero, que me comporte como una buena niña, que ella va a hablar con papá. Miro por la ventana. Esa no es la oficina de papá. La veo caminar hacia la gran puerta principal del hotel Majestic (lo conozco bien: papá me ha traído a tomar helado mientras él hablaba con una señora muy agradable). Un hombre con librea saluda a mamá y le abre la puerta. Ella entra con rapidez. Me hubiera gustado traer mi muñeca o el libro que estaba pintado, es aburrido esperar en el auto. Pego la cara al vidrio de la ventanilla trasera y hago morisquetas a la gente que pasa. Hay una señora paseando un perro negro y me saluda con la mano. Es un perro muy grande: me gustaría tener una mascota pero mamá no quiere animales en casa. De pronto, el caos. Mamá viene corriendo hacia el auto. Sube y golpea la portezuela. Se le caen las llaves. Papá viene detrás. Sólo tiene el pantalón puesto. Mamá logra arrancar y papá tiene que saltar a un lado para que el auto no lo atropelle. Golpeo el vidrio para llamar su atención. Quiero quedarme con papá, digo. Mamá no oye. Va muy rápido. Va llorando. La escucho decir cosas pero no entiendo todo lo que dice. Papá ya no nos quiere. No puede hacerme esto. Ya va a ver. Regresamos a la casa. Quiero salir del coche pero me dice que no, que me quede en el asiento trasero. Cierra la puerta del garaje pero deja el motor encendido. Sigue llorando. Enciende la radio. Vamos a escuchar música, dice. Las ventanillas del auto están abiertas y el motor encendido. De vez en cuando el motor ruge. Mamá llora. Se escucha la canción de The Skyliners. Tengo sueño. Mamá dice que me recueste en el asiento trasero.

Me despierto en los brazos de un bombero. Me ha puesto una máscara. Papá está conmigo en la ambulancia. No pasa nada, nena, vamos a ir a ver a un doctor, dice papá.

No quiere comer (ni hablarme). No insisto. Hoy no puedo ni quiero lidiar con ella. En menos de una hora llegará la enfermera.

Suena el teléfono. El nombre de Alex aparece en la pantalla. Dudo en atender. Sé que puedo darle cualquier excusa por no aceptar la llamada: estaba ocupada con mamá, estaba en el baño y no te oí, había una persona a la puerta... Pero volvería a llamar y las excusas se acabarían. Atiendo.

—Raquel estuvo aquí —digo.

—Lo siento mucho. Qué mal momento —dice. Es hábil, se recupera en seguida de la ¿sorpresa?—. Espero que...

—Hablamos, Alex. Un buen rato... Y le creo. No tiene el aspecto de una mentirosa.

—Y ahora yo te parezco un mentiroso ¿no es así?

—No sé... —digo y suspiro. Estoy cansada, emocionalmente agotada y me doy cuenta de que no quiero más drama en mi vida—. La verdad es que no me importa averiguar quién miente y quién no.

—¿Me estás dejando? ¿Vas a creerle a ella y no a mí? No es justo —dice.

—La vida no es justa —digo.

—Paso a buscarte a las siete y charlamos cara a cara.

—No. Hoy no. En unos días, posiblemente... Necesito pensar.

—¿Qué? ¿Qué hay que pensar?

Corto. No fui valiente y lo lamento. Me hubiera gustado tener el valor de afrontar las cosas, de arrancarlas de raíz, de poner un punto final y salir por la puerta como la heroína de la historia. Me hubiera gustado ser como Sancia. Pero no lo soy aunque Sancia dijo que sí, que nos parecíamos. Soy tan cobarde...

10

La salita de Ana le resultaba más asfixiante que nunca. Los objetos parecían haberse multiplicado hasta el infinito: pequeños cachivaches coloridos y cuadros de *petit point* emulando ramilletes de rosas y violetas. Sancia no recordaba que hubiera semejante cantidad de bibelots en las repisas.

La ventana le resultó minúscula a comparación con las de la finca. La ciudad, asfixiante, ruidosa y maloliente.

—A esta altura pensé que ya estarías encinta —dijo Ana, mientras se acomodaba en su sillón—. ¿Estás cuidándote de alguna forma? Las campesinas suelen preparar mejunjes con yuyos para evitar el embarazo pero al final sólo te secan por dentro. Ni se te ocurra. ¿Me estás prestando atención? Se puede perder la capacidad de engendrar con esas cosas. Además, he oído que usan bosta de caballo o de cabra, o de algún animal... Es asqueroso.

—Apenas llevamos casados diez meses.

—Yo quedé embarazada a los cinco meses. Desgraciadamente, perdí el embarazo y después tuve que esperar bastante, casi tres años, antes de tener a los mellizos. Bueno, supongo que todo a su tiempo, ¿no?

—Sí, Ana, todo a su tiempo.

—¿Y cómo te las arreglas en el campo? Esa casa es muy grande y está llena de hombres...No debe ser fácil. Tú nunca manejaste una casa antes.

—Hannah y Gertha son de mucha ayuda. Gertha se ocupa de la cocina, que es lo más pesado cuando hay tantas personas que alimentar y Hannah es una chica muy bien dispuesta... Jeremiah no trabaja en el campo así que suele estar cerca. Como tiene problemas de la vista y no quiere reconocerlo, le gusta que le lea. Estoy dando muy buen uso a los libros de papá.

—¿Y los otros? Johan tiene dos hermanos, ¿no?

—Sólo un hermano, Wilhelm. El otro es un protegido de Jeremiah. La madre trabajó en la granja y murió, dejándole a Finnbar muy pequeño.

—Ah, sí, el moreno atractivo. Wilhelm es el idiota, ¿cierto?

—No es idiota.

—Bueno, lo parecía... Es casi un monstruo.

—No quiero que hables así de él. Es una muy buena persona.

—No te amosques —dijo Ana, tirándose hacia atrás—. Veo que haces buenas migas con tu nueva familia. Eso es bueno. Llevarse bien con todos los miembros es muy loable.

—No con todos. Finnbar no me agrada.

—Dile al viejo que lo eche —dijo Ana, encogiéndose de hombros—. Si te embarazas, el viejo DeGroot no podrá negarte nada. Lo tendrás comiendo de tu mano. Se le nota que te tiene mucho cariño. Además, esos colonos se vuelven locos por las familias numerosas. Sarah Linley, la hija del viejo doctor Linley que solía atender los partos difíciles en la colonia, me contaba que algunas familias tenían doce y hasta catorce hijos y los más pequeños se mezclaban con los hijos de sus hermanos mayores. Se toman muy a pecho eso de "creced y multiplicaos"... Ahora que lo pienso, creo que tienen una ley de repudio si la mujer no le da hijos al esposo. ¿Has escuchado algo al respecto?

—¡Por todos los dioses, Ana!

—Son cosas que tendrías que pensar, querida. No me pongas cara de fastidio. No te escandalices. Te lo digo por tu bien. Además, aunque el del problema sea el esposo, jamás lo reconocerían —dijo Ana, estirándose para tomar un cuarto merengue—. Ahora las cosas son color de rosa y pura miel sobre hojuelas, pero en algunos años, cuando ya no tengas las mejillas sonrosadas, él buscará otras pasturas más verdes. Son todos iguales. En cambio, si le das una familia, se sentirá atado a ti por los hijos.

—Yo no quiero que nadie se sienta atado a mí, nunca, por ningún motivo que no sea verdadero amor.

—¡Qué chica más idealista! ¡Verdadero amor! Los libros te han apolillado el seso. ¿Dónde vas a encontrar algo así en estos días?

—En Johan.

Ana se quedó mirando a su hermana con un merengue entre el plato y la boca. Lo apoyó y suspiró:

—Lo estás diciendo plenamente convencida de que es cierto.

Después de la cena, y mientras subían a su antigua habitación, Sancia buscó la mano de Johan y entrelazó sus dedos con los de él. Cuando cerraron la puerta, ella saltó a su cuello y lo besó. Johan sonrió. De vez en cuando Sancia hacía esas cosas: abrazarlo, besarlo, acariciarle el hombro o la mejilla al pasar, tomarlo de la mano. Cada vez que lo hacía, él sentía una explosión de felicidad dentro de su pecho.

Pero, nunca terminaba de tener la seguridad de que ella fuera suya por completo. A veces, temía que ella le tuviera lástima, que sintiera por él la ternura que las mujeres experimentaban por las criaturas débiles y menos afortunadas. Y cuando un hombre se acercaba, por el motivo que fuere, desde el guarda del tren hasta el doctor Brühl, sufría lo indecible pensando que tal vez ella pudiera encontrarlo atractivo o, lo que era peor, desearlo.

Los besos, las caricias y la ternura no eran suficientes para una mujer joven. No necesitaba que nadie le explicara eso. Se había criado en una granja y entendía muy bien lo que era la naturaleza del sexo. Sancia era joven y sana; la naturaleza reclamaría lo suyo. Y llegaría el día que debería aceptarlo, mirar hacia otro lado para poder conservarla. Sólo se preguntaba si ella se lo diría o lo ocultaría para no hacerle daño. Hubiera querido abordar el tema pero las palabras se le apelotonaban en la lengua y no salían, lo ahogaban. Nunca había tenido el don de la palabra y cuando se trataba de expresar sus sentimientos, su cerebro se ponía en blanco.

¿A quién elegiría? Esa pregunta lo acosaba. Sólo esperaba que no fuera Finnbar. Saberla con él, lo mataría.

Cuando Sancia y Johan, después de visitar a Ana, regresaron a la granja, encontraron al doctor Brühl en la sala, esperándolos junto a Marian Lipz, pálida y vestida de negro como una anticuada representación de la Parca. Jeremiah había sentido un fuerte dolor en el pecho y se había desmayado en el salón comunal esa misma mañana. El médico habló de una importante deficiencia coronaria, que mal o bien Jeremiah había arrastrado desde hacía una década. Recomendó una dieta estricta y sugirió reposo. El invierno tampoco ayudaba a un hombre de su edad. Debían ser cuidadosos. Jeremiah no sobreviviría a una pulmonía, incluso un resfriado común podría complicar las cosas. También le recetó un tónico para las palpitaciones y los ahogos.

Por último, miró a Sancia y dijo:

—Jeremiah tiene una sola preocupación que lo desvela, querida Sancia. Y si no fuera por querer ayudar a un paciente y a un amigo, no me entrometería pero... bueno, Jeremiah quiere ver, por lo menos, uno de sus nietos correteando por la casa antes de morir. ¿Alguna novedad al respecto?

—Ninguna —dijo Sancia.

—Creo que ustedes, los jóvenes, no entienden la ansiedad que nos causan a nosotros los viejos —dijo Marian Lipz, pegando con su bastón en el suelo—. A determinada edad, queremos ver a la siguiente generación y asegurarnos que todo aquello por lo que nos sacrificamos quedará en buenas manos y nuestro legado se perpetuará. Esa es la ley de Dios.

Sancia bajó los ojos hacia la punta de sus zapatos y contuvo la respiración. Escondió los puños detrás de la espalda y contó mentalmente hasta cincuenta. Había aprendido a no llevarle la contra a la vieja urraca.

La viuda Lipz consideró que la chica había sido debidamente reprendida y, hubiera apostado su mejor enagua, a que pronto tendrían buenas noticias. Las cosas debían decirse con claridad y habían sido dichas.

Debido a la enfermedad de Jeremiah, hubo una reorganización en la granja. Johan, como hijo mayor, debió ocupar su puesto en el Consejo hasta que su padre estuviera en condiciones de retomar sus deberes (aunque todos sabían pero nadie lo decía en voz alta de que Jeremiah no regresaría a su sitial).

Entre los tres hombres tuvieron que repartirse las labores de Jeremiah y Sancia pasó a ser su solícita enfermera. Y no era que el anciano necesitara mucha ayuda pero Sancia era bastante estricta en cuanto al descanso, la alimentación y los paseos por el jardín (cuando la temperatura lo permitía). Jeremiah insistía en ir a la cocina y ayudar en lo que pudiera para no sentirse inútil, así que Gertha recibió una inusitada colaboración para pelar y cortar frutas y verduras.

Por la noche, la familia se sentaba en la sala y Sancia leía un poco o contaba alguna de las miles de historias que conocía. Aquello era lo que más placer daba a Jeremiah, a Johan y, muy especialmente, a Wilhelm. Finnbar solía aprovechar ese rato para salir a fumar (y a beber ginebra).

En la primavera, Jeremiah se veía muy bien y el doctor Brühl estaba encantado con la evolución de su paciente pero aún así le prohibió volver a hacer esfuerzos y apoyó a Sancia en cuanto al tema de una breve siesta después de la comida, aunque le permitió que asistiera a las reuniones del Consejo siempre y cuando fuera acompañado por Johan. Ya no estaba en condiciones de conducir una carreta y mucho menos montar a caballo. Se habló de reparar el viejo camión que seguía dando problemas o incluso comprar un automóvil (pero esa idea se aplazó porque Jeremiah consideraba los automóviles como un signo de extrema vanidad y un gasto inútil para la gente de campo). Había que comprar una trilladora nueva, argumentó Jeremiah, haciendo uso de su poder de patriarca de la familia. La vieja trilladora estaba a un paso de dar su último estertor. Tras una breve deliberación se acordó que Wilhelm trataría de arreglar el camión.

Había sido un día especialmente caluroso. La primavera terminaba y el verano avanzaba a saltos y retrocesos. Por la noche aún refrescaba lo suficiente para dormir con las ventanas cerradas. Sancia había estado trabajando en el huerto y había cortado algunas hierbas aromáticas. Incluso se había reservado un puñado de flores de lavanda para ella. Decidió que tomaría un baño antes de su hora acostumbrada. Estaba acalorada, con las mejillas enrojecidas y el sudor le hacía sentir incómoda. Comenzó a llenar la bañera y esparció en ella las flores machacadas.

Calculó que tendría unos cuantos minutos de paz: Hannah acababa de servirle una taza de té a Jeremiah que disfrutaba el frescor del atardecer en la galería trasera, mientras hablaba con Gertha sobre los chismes de la zona. Johan aún no había llegado de la reunión del Consejo y Finnbar estaba en la ciudad por unos repuestos para el dichoso camión que se resistía a funcionar.

Sancia fue a su habitación. Mientras se quitaba los zapatos tuvo el deseo de ver el guardapelo, de cerciorarse que estuviera en su lugar, de sostenerlo, de pensar en Devdan un poco, sólo un poco, apenas un par de minutos, imaginarse que volvía a la India, que volvían a estar en la terraza de la casa de lady Ashcrombe, charlando y bebiendo té helado. Recordó el primer beso mientras en algún lugar sonaba un piano: Liszt. Recordó la pasión, las promesas, las palabras. "Qué bellas palabras se dicen cuando se está enamorado", pensó. "Qué eternos e invulnerables nos sentimos." Guardó el relicario y se quitó el vestido. Corrió en enaguas hacia el baño. Se había perdido en sus ensoñaciones y la tina estaba llena, a punto de derramarse. "¿Hubiera sobrevivido nuestro amor a todas las pruebas?", se preguntó mientras observaba su reflejo en el agua limpia. Ella quería creer que sí, que hubieran podido lograrlo pero la lógica le decía que no. Con el tiempo, se hubieran odiado, se hubieran culpado de cada ínfima desventura.

Recordó, con cierto sobresalto, que no había trabado la puerta del baño. Giró sobre sus talones pero se congeló en su sitio: Wilhelm la observaba desde el pasillo. Tal vez llevara un par de minutos observándola. No podía saberlo.

Sancia tuvo miedo de avanzar: él podía tomarlo como una invitación. Tampoco supo qué decir. No quería ofenderlo ni agredirlo. Tampoco alentarlo. Pero ambos estaban inmóviles, mirándose. Él, entre las sombras del corredor. Ella, bajo la amarillenta luz del baño.

El aire se había llenado del aroma a lavanda. La casa estaba en silencio. Sancia pensó que aquella era la primera vez que realmente miraba a Wilhelm, en toda su extensión y profundidad, como si entre ambos se hubiera tejido una intangible conexión etérea. Pero no fue la fuerza de su cuerpo, ni la intensidad de su presencia lo que la hizo estremecer...

"Me gusta cómo me mira", pensó. Y se asustó de sus pensamientos.

Cerró los ojos y le dio la espalda. Rogó que se fuera, que comprendiera que esa era una forma airosa de escapar de la situación, como si no hubiera existido. Ella lo olvidaría o al menos lo relegaría al fondo de su mente. Sería otro secreto como el de aquella noche en la cocina con Finnbar.

Sintió el delicado roce sobre su hombro, bajando por el hueso del omóplato, subiendo por el medio de la espalda y hundiéndose en el cabello mal recogido, hasta asomar por su mejilla junto a su boca. Percibió el calor que emitía la cercanía del cuerpo de Wilhelm, el olor de su sudor mezclado con la grasa del motor. Se estremeció al pensar en lo que podía pasar.

Escuchó la puerta cerrándose detrás de ella y los pasos, alejándose. Se mordió el labio hasta hacerlo sangrar, para no llamarlo.

11

Antes que terminara el verano, una tarde cualquiera, ni más ni menos calurosa que otras, Jeremiah sufrió un ataque que le paralizó la mitad del cuerpo. El doctor Brühl les advirtió que del siguiente ataque no saldría (lo dijo con tanta seriedad que los presentes sintieron el frío de la guadaña pasar junto a ellos), que era momento de ir arreglando los asuntos que pudieran tener pendientes para que se fuera lo mejor posible (y en ese momento, miró directamente a Sancia).

El médico llevó a Johan aparte, se sentaron en la sala, a puertas cerradas y charlaron largo rato. Cuando Brühl se fue, Johan estaba pálido, desencajado y tembloroso.

Esa noche, en la penumbra, Johan contó a Sancia qué le había dicho el médico: Jeremiah deseaba un nieto. Era lo único que parecía turbarlo: morir sin ver la siguiente generación.

—Voy a decepcionarlo en lo único que me ha pedido —dijo Johan.

El dolor en su voz era real. Sancia lo sintió como una burbuja metálica saliendo del pecho del hombre, envolviéndolos, encerrándolos. ¿Habían sido egoístas? Tal vez, sí. Habían vivido en su propia felicidad (parcial y limitada, pero una forma de felicidad). Habían construido un mundo propio al que permitían el acceso superficial de algunas personas y se mantenían unidos, amigos y compañeros, compinches, excluyendo a quienes pudieran perturbarlos. Johan había afirmado su personalidad: era un hombre tranquilo, reposado, de una profunda sabiduría que hacía que Marian Lipz consultara con él los problemas de la comunidad. Tal vez no fuera el más piadoso y le diera poco o ninguna importancia a la religión pero era un juez justo e imparcial en muchos otros temas. A Sancia no le asombraba que cada tanto alguien llegara para hablar con él, para contarle sus preocupaciones, para pedirle consejo. Lo apreciaban. Cada tanto una criada dejaba una canasta con alguna "ofrenda" (como lo llamaba Sancia para sus adentros) para el consejero Johan. Los hombres lo invitaban a sus rituales particulares de cacería o de pesca. Y Sancia estaba feliz por él. Ya no caminaba encorvado, medroso, inseguro. Incluso, le parecía que había crecido un par de centímetros y su voz se había tornado más firme. Sancia sentía una profunda admiración por su esposo. Y también orgullo.

Ella, por su parte, mantenía la casa en un régimen de orden y austera elegancia que se había impuesto (sin querer) como moda en la colonia. Los únicos lujos que se permitió fueron una creciente colección de libros, unas lámparas de lectura y un escritorio de raíz de nogal. Cuando leía (había adquirido la costumbre de leer en voz alta), la familia se reunía a su alrededor. Wilhelm bajaba a Jeremiah y lo sentaba en una silla de ruedas para oírla. Y hasta Hannah se quedaba remoloneando en la puerta para escuchar las historias de la señora Sheherezade. El único que se resistía al embrujo era Finnbar (y todos se sentían aliviados).

La granja disfrutaba de una época de bonanza y prosperidad. Johan había dejado en manos de Wilhelm las cosechas y la elección de qué se sembraba y cuándo. Éste parecía tener una especial conexión con la tierra y un sexto sentido le avisaba si aquel año sería seco o lluvioso, más frío o más caluroso. Incluso un año, dio el aviso para que recogieran los granos antes de tiempo porque auguró que llegarían langostas. Lograron salvar gran parte de las cosechas e incluso Sancia logró cubrir con sábanas y lonas gran parte de su jardín y casi todos los frutales. Los cerdos se cebaron con las langostas que Gertha, Hannah y Sancia mataron a escobazos.

Sólo la falta de niños daba a la casa un halo triste, como una ausencia.

Sancia se levantó aquella mañana, tomó una taza de café y se sentó a pensar en la galería. Era una mañana soleada y los hombres ya habían salido a trabajar. Jeremiah dormía aún y Gertha acababa de llegar (aún no había dado inicio al batifondo matinal de cacerolas y frascos, sartenes y ollas). Esos eran los momentos que más le gustaban. Cuando estaba sola con sus pensamientos y se podía permitir cerrar los ojos y regresar a un tiempo anterior, como otra vida, en la que ella era una persona distinta, con objetivos y miras diferentes.

En esos momentos, imaginaba conversaciones con su padre. A veces esas charlas tenían lugar en algún tren que atravesaba Rusia, en un barco por el Egeo o simplemente, en algún café de París. Ella se esforzaba por recordar detalles de aquellos lugares, las inflexiones de la voz de su padre, las palabras que él hubiera usado para mencionar tal o cual cosa, alguna cita de sus autores favoritos. Con él discutía también temas de su vida diaria como si don Juan Iñigo de la Cruz Mendoza y Valfuerte hubiera podido conocer a los DeGroot o a Marian Lipz o le hubiera importado la buena cosecha de manzanas o que las peras estuvieran en sazón. A veces, el fantasmal recuerdo movía la cabeza de un lado al otro mientras esperaba que el mozo sirviera el té desde el samovar o que algún sirviente de blanca túnica le acercara el narguilé.

—Extraños derroteros transitas, hija mía —decía el espectro—. ¿Quién lo hubiera previsto?

—Nadie —reía ella, en su mente—. La vida es una caja de sorpresas. ¿No es eso lo que decías?

—A "Jack-in-the-box".

Esa mañana, Sancia convocó la imagen de su padre en la puerta de Hagia Sofía, esperándola con cierta impaciencia.

—No has podido dormir bien, ¿verdad? —dijo el fantasma, consultando el reloj de cadena que llevaba en el bolsillo. (Había tenido que vender ese reloj para poder pagar el transporte del cadáver de su padre y lo lamentaba. Su padre siempre se había ufanado de aquel adminículo como si hubiera sido una joya de las arcas del Zar de todas las Rusias).

—Es un tema recurrente en los últimos tiempos. Apenas logro pegar los ojos un par de horas sin despertarme por los pensamientos... Supuse que no afectaría a Johan. Supuse que seríamos felices con nuestra decisión.

—Supusiste mal. Él sigue cargando la culpa en silencio. Mala cosa la culpa. Creo que fue Séneca quien dijo que quien se siente culpable, es su propio verdugo. Los hombres no han aprendido a lidiar con ella aún. En eso las mujeres nos llevan un poco de ventaja.

—No quiero empezar una discusión filosófica, padre.

106

—No me estoy yendo por las ramas, hija mía. Te estoy señalando la solución. La sabes tan bien como yo, de lo contrario, no me hubieras traído a este lugar, ¿no? Hagia Sofía, hijita.

Hannah apareció por el camino. Estambul se diluyó en un jardín que necesitaba ser regado y una mujer dientuda y flaca seguida por el gato pachorriento que se le entreveraba entre las piernas pidiendo algún bocado delicioso.

"¿Hagia Sofía?", se preguntó Sancia mientras bebía el último sorbo de café y se ponía en pie para comenzar el día. El frescor del día se disipaba y las últimas gotas del rocío nocturno se evaporaban. Hagia Sofía, se repitió para sí una y otra vez.

Al llegar la noche, Sancia escribiría en su diario:

"Fue un día inusualmente complicado, como si personas, animales y cosas se confabularan para impedirme pensar. Apenas tenía un instante de sosiego, volvía a mi dilema: Hagia Sofía. Trataba de recordar detalles de su estructura, de su decoración, de su historia pero no lograba avanzar mucho antes de ser interrumpida otra y otra vez. Incluso, había sostenido en mi mano una antigua guía de viaje y, antes de buscar en el índice, ya tuve que volverla al estante. Gertha había quemado la comida (cosa que nunca antes le había ocurrido) y Hannah entró gritando despavorida por el humo que ennegrecía la habitación. La pobre Gertha no sabía cómo disculparse y lloraba a mares alegando que sólo se había distraído un minuto. Tuve que calmarla diciendo que no se preocupara, que aquel día era inusual

107

y no volvería a repetirse, que abriera unos frascos de escabeche (tenemos una despensa llena) y escalfara unos huevos. A Hannah le pedí que aireara la casa y limpiara el hollín. El guisado de pollo se había pegado al fondo de la olla y tomaría paciencia y esfuerzo quitarlo de ahí. Johan bromeó sobre la variedad de escabeches y Jeremiah, en su media lengua, alabó los huevos. Todos tratamos de hacer sentir mejor a Gertha; salvo Finnbar, que la llamó vieja tonta a sus espaldas. Wilhelm le dirigió una de esas miradas que podrían definirse como una especie de promesa de castigo pero Finnbar simuló ignorarlo."

"Después de la cena, Jeremiah me pidió que leyera el salmo 127 (Cuando llegué a la parte que dice "... herencia de Jehová son los hijos..." mantuve el mismo ritmo y cadencia. Fue un notable control por mi parte). Lo leí con tranquilidad, dándole a cada palabra su debida sonoridad. Los ojos de Johan estuvieron todo el tiempo clavados en mí. También los de Jeremiah. Sólo Wilhelm parecía entretenido en seguir el entramado de la alfombra."

"Fue en el instante en el que cerré la pesada Biblia de tapas negras cuando un rayo de iluminación atravesó mi mente de lado a lado. La portentosa electricidad despertando al monstruo de Frankenstein (oh, siempre he admirado a Mary Shelley). Me hubiera reído a carcajadas, con verdaderas ganas, pero me limité a sonreír, regresar la Biblia a su atril y buscar un libro de poemas selectos. Escogí un poema al azar: Shelley y su Serenata india. "Me levanto desde sueños de ti en el primer dulce dormir de la noche...".

"¿Hagia Sofía, padre? Aún muerto sigues siendo un intelecto retorcido. *Sancta Sapientia, Holly Wisdom.*"

Johan se sorprendió de encontrarse solo en la cama cuando clareó el día. Por lo general, despertaban juntos. Él besaba el hombro desnudo de ella y susurraba su nombre como un conjuro. Ella sonreía y lo instaba a no demorarse más en la cama: siempre había algo que hacer, un lugar a dónde ir, una visita que recibir. Pero aquel día, cuando se apuró a bajar, preocupado por lo que hubiera podido hacerla saltar fuera de la cama, encontró a Sancia sentada al escritorio, enfrascada en la lectura de la Biblia. Tres libros se apilaban abiertos sobre el estante superior del escritorio y una taza de café se enfriaba olvidada a un lado. Johan se quedó plantado en la sala, un tanto incrédulo y otro tanto divertido: llevaba bastante tiempo sin ver a Sancia enfrascada en la lectura de aquella manera.

—Estoy realmente ocupada, querido... ¿Crees que hoy podrán arreglársela sin mí?

Ese día, Sancia no levantó la vista de los libros y las sirvientas tuvieron que hacer los quehaceres sin molestar, calladas y veloces como ratones. Wilhem se quedó observándola desde la puerta del escritorio, un tanto confundido, como si alguien hubiera movido el mundo desde su centro y ahora todas las cosas estuvieran un tanto chuecas, desparejadas.

A la hora del té llegó Marian Lipz y se conmovió al ver a la mujer sumida en tan devota lectura y más aún cuando Hannah, que iba y venía por la casa como gallina sin cabeza, le contó que había estado el día entero enfrascada sobre el libro sagrado.

—Veremos si tanta devoción da frutos —dijo Marian a Jeremiah mientras se despedía del hombre postrado en la silla de ruedas.

12

Sven Kovacs llega acompañando al médico auditor. Dicen que se han encontrado en la calle justo antes del principio del mar de lodo y Kovacs se ha ofrecido a traer al galeno en la camioneta para que no se hunda en el barro hasta las rodillas. Es la cuarta visita del auditor. Tal vez la quinta. He perdido la cuenta. El médico entra en la habitación de la moribunda, no necesita guía: simplemente suelta un "permiso" y apura el paso por el estrecho pasillo. También está la enfermera, quien, al ver al médico, parece cobrar importancia y se comporta como una gallina gorda y vieja.

Sven me pregunta si necesito algo: dice que no le molestaría ir hasta la farmacia o al supermercado. Le digo que es muy amable, pero no, gracias. Dice que me ha traído un candado (enorme) para el garaje y parte de un sistema de luces que se activan con el movimiento.

—Está demasiado aislada acá —dice.

Esta vez, no acepta mis negativas. Ni siquiera escucha mis protestas. Empieza a trabajar en instalar el reflector sobre el techo. Escucho sus pasos sobre el tejado y una teja que cae partiéndose en una decena de fragmentos al chocar contra el piso del patio trasero.

El médico se va. No me dice mucho. No es necesario y ambos lo sabemos: la enfermedad sigue su proceso ni más rápido ni más lento. En algún punto, se desbarrancará y el final sucederá con la rapidez de la magia. Será un alivio. Este largo itinerario de recaídas y mejorías sin esperanzas es, por momentos, inhumano. Ella se irá con sus culpas (si las tuviere), con sus situaciones irresolutas, sus penas, sus odios (que son muchos) y nosotros nos quedaremos. Me quedaré con mi rabia y con mi odio, con las ganas de haberle dicho más, o tal vez, menos. ¿Qué puedo solucionar ahora, al final? ¿Qué puedo esperar de ella: que se arrepienta, que entre en razón, que diga que se ha equivocado? Si no lo hizo antes, cuando tuvo miles de oportunidades, no creo que lo haga ahora. Tal vez, nunca comprendió la magnitud del daño. Ahora es tarde. Mis hermanos lo comprendieron y por eso están lejos, monitoreando la situación a distancia. Yo aún espero un milagro.

Salgo de la casa y me dedico a observar a Kovacs afanándose con cables y herramientas: pelacables, destornilladores, engrampadoras. Lo veo trabajar con decisión, sabiendo de antemano cuál va a ser su siguiente movimiento. Es bueno eso de saber hacia dónde se dirige uno y por qué. Es lo que se llama propósito y lo que da base a los proyectos.

—Es una hermosa casa —dice cuando nota que estoy detrás de él, mirando sin ver, perdida en mis pensamientos—. Ya no las construyen así, tan sólidas, capaces de aguantar siglos enteros.

—Sí, era hermosa —digo.

—Ahora es puro acero, vidrio y cemento. Todo funcional. Aprovechamiento al máximo del espacio. No hay lugar para la belleza.

—Resulta raro escuchar a alguien decir eso, especialmente cuando trabaja para la constructora que derribó uno de los barrios más antiguos de la ciudad.

—Trabajo para ellos pero no les he vendido mi alma

—dice—. Algún día saldré de la ciudad y tendré mi casa en el campo.

—¿Dejará la electricidad y se convertirá en granjero? Quisiera ver eso.

—Con mucho gusto la invitaré.

—La vida campestre no es para cualquiera. Se aburrirá en el campo.

—Le apuesto lo que quiera a que no será así —dice y sonríe.

El auto de Alex se acerca con la lentitud medrosa de los que no saben qué les espera al final del camino.

Me alejo del garaje y me acerco a la puerta de entrada. Estoy decidida a no dejarlo entrar. Lo mejor para mí es que se vaya lo antes posible: no quiero perdonar una actitud que me resulta enojosa y desagradable. No quiero perdonarlo. Me merezco algo mejor.

Alex baja con esa seguridad y altivez que hace que las miradas femeninas se posen en él. Es un tipo atractivo que se sabe atractivo; tiene demasiada confianza en sí mismo. (Esa camisa celeste bajo el *sweater* lo hace ver muy bien: resalta el color de sus ojos y el rubio de sus cabellos. Le he dicho mil veces que el celeste es su color). Pero debo convencerme de que sólo es un envase bonito lleno de mierda. Mucha mierda que yo he consumido por casi dos años. Es hora de la abstinencia. La sufriré pero me alegraré cuando me haya sobrepuesto.

—Debemos hablar.

—No.

—¿Puedo pasar?

—No.

—Me gustaría que me escucharas un instante y...

—No quiero.

—Raquel mintió cuando...

—La verdad es que no me interesa. Los dos pueden ser unos mentirosos redomados y no me interesa averiguar cuál de ustedes dice la verdad y quién miente. Así que es el adiós, Alex.

—Pensé que...

Sven sale del garaje y se acerca cargando la caja de herramientas. Es un tipo enorme, al menos quince centímetros más alto que Alex. No ha traído el uniforme de la constructora sino unos pantalones de mezclilla que han visto mejores días y ha llegado en un viejo camión destartalado que está detenido en frente de la puerta delantera. Sven me llama por mi nombre de pila y me dice que ha terminado de instalarlo, si quiero que lo probemos ahora o más tarde (el tono que usa es amigable, un tanto seductor, como si hubiera una promesa ínsita flotando en el aire) y agrega que me he demorado mucho con el café prometido. Después mira a Alex, le tiende la mano y dice su nombre, que en ese instante suena muy sonoro, musical, como el nombre de algún gran escritor nórdico. Alex nos mira a ambos, sonríe de una forma torva y se sube al automóvil.

—No recuerdo haber prometido ningún café —digo cuando Alex está por lo menos a cincuenta metros de distancia.

—Es verdad pero creo que me lo he ganado, ¿no?

Invade la cocina con su corpachón. Es como si le quedara pequeña, incómoda. "Indudablemente es un hombre de espacios grandes", pienso. Como los hom-

114

bres de la familia de mi madre, los DeGroot, altos, fuertes, hombres acostumbrados a afrontar las vicisitudes de la naturaleza y de la vida. Mis hermanos se han adaptado más a la ciudad, se han encogido en muchos aspectos. Yo me parezco a Sancia (en varios aspectos, afirman algunos): he heredado su cabello negro, sus "ojos moros", como decía papá riéndose, y ese carácter que se sobrepone a todo, que no se deja amilanar por la vida. O por la muerte. La eterna y magnífica Sancia, siempre sobrevolándonos con su presencia fantasmal, señalando con su recuerdo el devenir de la familia. (Tal vez, por eso mi madre la ha odiado tanto...)

Le sirvo café en una taza grande, la más grande que tengo. Coloco la lata de galletas danesas frente a él. Le ofrezco leche para el café. Dice que lo toma solo, con mucha azúcar (cuatro cucharadas, casi un almíbar para mi gusto).

—¿Su madre nació en Colonia DeGroot? —dice—. Pero ha vivido en esta casa toda su vida. Eso es lo que dicen.

—Se vino a la ciudad a los dieciocho años. No le gustaba el campo.

Sacude la cabeza en negativa; se come un par de galletas antes de seguir hablando. Dice que eso no lo entiende, como alguien puede preferir la locura y la mugre de la ciudad en lugar del campo, y más si hablamos de la Colonia, donde todo parece estar en perfecto orden. Él ha querido escapar de la ciudad desde que tiene uso de razón. Lleva ahorrado una buena cantidad para comprar un terreno pero no lo suficiente como para construir una casa. Si pudiera conseguir un buen trabajo fuera de la ciudad se iría sin pensarlo.

—Los buenos trabajos están en las ciudades —digo—. Eso dicen mis hermanos.

Se ríe. Tiene una sonrisa enorme, como de dibujo animado. El tipo de sonrisa que se sale de encuadre.

—Se equivocan. Acá hay más trabajo, más oportunidades. De todo un poco. Pero no mejores. No se puede comparar el cemento con la tierra.

—Es una idea un poco melancólica y algo romántica.

—Eso no me lo han dicho nunca. No sé si ofenderme o sentirme halagado.

—Un poco de ambos —digo.

Termina el café y media lata de galletas. Me observa. En silencio. Pero no me molesta. Me he acostumbrado a que las personas se me queden mirando. Mis hermanos lo hacían: esperaban encontrar alguna reacción a lo pasado, temían que lo mío fuera una pose, una máscara. Ellos no comprendían que yo pudiera haber pasado por lo que pasé sin que me dejara estigmatizada de por vida. Siempre me vigilaron como si fuese a saltar por la ventana y arrojarme bajo el paso del tren en el momento menos pensado.

Hubiera podido hacerlo (tal vez en la adolescencia) pero lo superé y me construí desde ahí.

—¿A dónde va a ir a vivir cuando derriben este lugar?

—No lo sé —digo—. Aún no lo pensé. Supongo que alquilaré uno de esos apartamentos minúsculos en el centro o me iré a Tombuctú. No necesito mucho: una cama, una cocina y un rincón dónde sentarme a escribir. Tal vez viaje por el mundo. He recorrido una parte, sería lindo ver el resto.

—¿Sola o con ese Alex?

—Es una pregunta de carácter muy personal —digo. Pero como no he puesto ningún énfasis en las palabras, Sven se siente autorizado a continuar.

—No parece un tipo agradable —dice, encogiéndose de hombros.

—No sé si me iré sola pero no iré con Alex. De eso estoy segura.

Se pone en pie. Si alzara la mano, tocaría el cielorraso con la punta de los dedos. Toma la taza y la lleva al fregadero. Abre la canilla y la lava, con tanta familiaridad como si estuviera en su propia casa.

—¿Le gustaría ir por una pizza esta noche?

—No, gracias.

Hace una mueca como si el rechazo no lo hubiera tomado desprevenido. Dice que debe irse, que en otra ocasión iremos por la pizza. Ni siquiera le respondo. Lo acompaño a la puerta y la cierro tras él. ¿Qué era lo que Sancia había escrito en su diario sobre las ideas que los hombres se hacen sobre las mujeres solas?

Llueve a cántaros. Y pensar que creía que se había terminado el temporal... Las paredes parecen rezumar una sustancia viscosa y desagradable como la piel de algún sapo venenoso. Subo un poco la calefacción con la esperanza de secar el ambiente mientras espero que el puré de vegetales se termine de enfriar lo suficiente. Es lo único que come con ganas. Protesta pero me he acostumbrado, siempre lo ha hecho, aún cuando estaba en óptimas condiciones de salud.

Enciendo la radio. La música crea la ilusión de que nuestro silencio es debido a ella y no por la falta de comunicación entre nosotras. Gloria Gaynor cantando "I will survive". Parece un mal chiste.

Come la primera cucharada en silencio, sin mirarme, con el ceño fruncido. Creo que la ira que se le reproduce bajo la piel como un virus es lo que la mantiene con vida.

Traga con esfuerzo. Hay algo que la atraganta: esa rabia que nunca ha podido eliminar y que a la larga se ha vuelto contra ella. Sé que no me libraré de escucharla: no puede dejar pasar la ocasión.

—Johan era un buen hombre. El mejor de la familia: eso lo sabían todos. No sé cómo ella pudo hacerle eso. A él, justamente a él que la quería por sobre todas las cosas, que se hubiera dejado arrastrar al infierno por estar con ella. Y fue un buen padre, el mejor —dice y se calla.

Espera que yo defienda a mi propio padre pero no voy a hacerlo. Reconozco que él tuvo sus defectos, muchos y terribles. Pero no le voy a dar el gusto de discutirlos con ella: ni ahora ni nunca. Ya he cometido ese error en mi adolescencia y ella salía ganando, argumentando que él nos había dejado, a las dos, que había tardado años en regresar por mí, que yo no le había importado tanto como mis hermanos y otras cosas terribles que una madre jamás debería decir a su hija.

—Cuando Sancia murió, Johan se derrumbó. Lo vi llorar como a un chico. No tenía consuelo. Ni siquiera nosotros pudimos mantenerlo con vida. ¿Y sabes qué fue lo último que me dijo? Que rogaba a Dios que ella lo hubiera perdonado. Ella a él. ¡Increíble!

—Sí, lo sé... También te dijo que no eras su hija.

—¿Ya te había contado esa historia? —preguntó.

—Sí. Más de una vez.

—Aún así vas a seguir adelante con su historia, pintándola como a una heroína. Engañó a todos: a Johan, a nosotros, a quien tuviera delante, siempre. Nunca dejó de querer a ese persa.

—Indio.

—Fue una mala madre.

Aspiro profundo. Revuelvo el puré y cargo la cuchara.

—Sé lo que estás pensando.

—Tengo derecho a pensar lo que quiera.

—Él quería dejarme, con cuatro hijos.

Guardo silencio. Es lo mejor. Ya tuve mi oportunidad de decirle lo que pensaba. Se lo grité más de una vez en mi adolescencia y siempre fue inmune a las balas. Ahora no sirve de mucho. Le doy la partida por ganada. Come otra cucharada.

—Esa mujer, la esposa de tu amante, no debe sentirse mejor.

—No todas las mujeres son iguales. Y ya no es mi amante.

—¿Te dejó?

Le acerco otra cucharada. Hay una sonrisa que le curva apenas los labios. No la quito de su error. Si eso

119

la hace feliz, por mí está bien. Mi infelicidad, más que mis habilidades culinarias, le ha renovado el apetito. Sea.

No puedo dormir. Tampoco puedo concentrarme en la lectura. Afuera la lluvia torrencial ha dejado paso a una llovizna constante.

Los papeles se acumulan sobre la mesa y apenas se ve un triángulo despejado, como un ojo de madera. Debería poner un poco de orden, pienso pero no tengo ganas, mis brazos se han transformado en vigas de cien kilos. Me preparo café y enciendo las luces que Sven ha colocado. El agua forma una película difusa que fragmenta la luz en ínfimos prismas. Es, sin duda, lo mejor que me ha pasado hoy.

La lata azul de galletas danesas sigue en el centro de la mesada. No puedo menos que sonreír: debo admitir que es un sujeto agradable y persistente; tal vez sea un maniático homicida pero esos no me asustan, ya he tenido mi porción de locos. Tengo su número de celular enganchado bajo un imán en la heladera. Le envío un mensaje.

"Si aún está en pie la oferta de pizza, yo pago las cervezas." Enviado 11.58 pm.

La respuesta no se hace esperar.

"¿Mañana a las 20.30?" Recibido 12.01

Pulgar hacia arriba. Listo.

Abro la lata de galletas. Como una y vuelvo a cerrarla. Nunca fueron mis favoritas. Me traen demasiados recuerdos de la niñez.

13

Sancia estaba en el huerto. Prefería el silencio al parloteo de las visitas. Marian Lipz estaba en la casa con Hans y Kurt, contándole a Jeremiah los avances y retrocesos de la colonia, además de una miríada de chismes intrascendentes pero que hacían las delicias de los viejos. Cada tanto, una carcajada de Hans (algo así como explosión de dinamita) llegaba hasta fuera de la casa, espantando gallinas y patos. Con la ayuda de Hannah les habían llevado té, galletas, mermeladas, tostadas, quesos y un pan de nueces que Kurt no se cansaba de alabar y que Gertha preparaba especialmente para él. También dejaron a su disposición un botellón con licor de almendras que Ana enviaba cada tanto y que, salvo la viuda Lipz, nadie probaba.

Johan apareció caminando del otro lado de la casa. También rehuía a esas reuniones (la viuda Lipz lo aterrorizaba desde pequeño). Sancia lo observó avanzar con largas zancadas y la vista clavada en ella. Una tímida sonrisa le desdibujó los rasgos al ver que Sancia le hacía señas de que se hundiera en la profundidad del huerto (más allá de la línea de limoneros y naranjos), alejándose de la casa. Como siempre que estaba cerca de su esposa, Johan tendió los brazos y la atrapó entre ellos. Ella alzó las manos y las apoyó sobre ambas mejillas, poniéndose en puntas de pie. Le agradaba sentirse protegida entre los brazos de su esposo.

—Tienes que afeitarte —dijo ella, sintiendo la aspereza del rostro.

—Confiaré mi cuello a tu pulso —respondió él.

Cada tanto, ella se ocupaba de cortarle el cabello y afeitarlo. Lo hacía cada mañana con Jeremiah y, de vez en cuando, (cuando la ocasión lo ameritaba) con Wilhelm. Se le hacía difícil mantener el pulso firme con este último. Cada vez que rozaba la piel de su cuñado, ella se estremecía de una forma incontenible, como si todo el interior de su cuerpo se agitara. Por eso, trataba de evitar cualquier contacto físico, esquivándolo de forma tan cortés, que nadie pensaba que era otra cosa que una demostración más de la excelente educación de Sancia.

Wilhelm, que no era tonto como pensaban los demás, también se cuidaba pero aprovechaba las oportunidades ocasionales, como cuando tenía que ayudarla con alguna tarea hogareña (para las que era el primero en ofrecerse) o cuando debían atender a Jeremiah. En esos momentos, apoyaba la mano en su espalda, en su brazo o le acariciaba la mejilla. Un día, para desesperación de Sancia, le había tocado el cuello, en el sitio exacto donde terminaba el cabello (no recordaba cuál había sido el motivo o si había existido alguno) y se demoró en quitarla. Sancia había estado a punto de gritar o dejarse besar. Pero lo peor era que ella había ansiado que Wilhelm continuara y así ella hubiera podido dar rienda suelta a ese extraño fuego que le hervía bajo las mejillas, en el centro del pecho y en el vientre. Por suerte, el gato había tirado un vaso en el corredor (que Sancia había dejado muy en el borde del mueble) y el estallido del vidrio los trajo a la realidad. Una realidad de miradas extrañas, de palpitaciones, del regusto amargo de algo prohibido. Y el fantasma de Johan brotó entre ambos como la espada entre Ginebra y Lancelot.

—Quisiera que me confiaras algo más que tu cuello —dijo ella a Johan.

—Tienes mi vida en tus manos. ¿Qué más puedo darte?

Sancia lo miró a los ojos, al fondo de los ojos, en ese lugar donde residía el alma. Porque Sancia sabía muy bien dónde encontrar el alma de Johan y cómo protegerla, aunque eso le costara más de lo que se atrevía a confesar. Johan se estremeció y se aferró más al cuerpo de su esposa como si temiese que se le escapara.

—Un hijo —dijo ella y, sosteniéndole el rostro para que él no quitara la mirada, agregó—: O todos los que quieras.

—Sancia... —suspiró Johan y cerró las manos sobre la tela de la blusa.

—Escúchame, Johan. Escúchame con atención —dijo ella, sacudiéndolo por los hombros—. Si después de escucharme, quieres que no vuelva a hablar de esto, no lo haré aunque mi vida dependa de ello. Pero, óyeme hasta el final. No me juzgues hasta no haberme oído.

Johan asintió. La vehemencia en las palabras de ella espantó su miedo. Ella lo tomó de la mano, lo llevó hasta los restos del muro de piedra que antiguamente había dividido las propiedades de Jeremiah y de Malevich y que Wilhelm había dejado en pie para que las vacas no pasaran e hicieran estragos. Detrás del muro, el campo de pastoreo se extendía por un par de leguas y salvo una docena de vacas, no había nadie en los alrededores.

Los dedos de Sancia se entrelazaron con los de Johan, como si quisiera retenerlo. Él bajó los ojos y estudió

los nudillos filosos y pequeños, las uñas rosadas, levemente alargadas de ella. Se llevó los dedos a los labios
y los besó con ternura.

—No necesitas convencerme, Sancia, haré lo que me
pidas si con eso te quedas a mi lado.

—Johan, querido... Te lo prometí. Te lo juré. Sólo la
muerte me arrancará de tu lado.

—Entonces, no necesito saber más.

—Estás equivocado —dijo ella, con determinación—.
Es necesario que sepas y des tu consentimiento. Yo
nunca haré nada sin haberlo consultado contigo primero. Además, yo podría seguir así hasta el fin de los
tiempos, sin hijos, solamente contigo, pero el hecho de
no tener descendencia está carcomiendo a tu padre y
esa pena repercute en ti, amor mío... Por eso, Johan te
haré una pregunta: ¿has leído la Biblia? ¿La has leído
concienzudamente?

Johan clavó la vista en aquellos abismales ojos negros.
Se quedó pensando un instante, dudando. La verdad
era que no se consideraba un buen creyente ni siquiera
uno mediocre pero se mantenía dentro de las normas
morales que le habían inculcado en la colonia; sin
embargo, no era dado a la oración ni a la lectura de las
Sagradas Escrituras. A duras penas había asistido a la
escuela dominical de niño y ni siquiera recordaba
mucho de lo aprendido.

—Cuando buscaba una solución a tu pena, Johan,
pensé en mi padre y en Hagia Sofía, la basílica en Estambul.

Johan sacudió la cabeza en negativa. No comprendía.

De pronto, su cerebro dio vueltas dentro de su cráneo y quedó en blanco.

—Sancia, ¿a dónde quieres llegar?

—Lo escribí —dijo ella, metiendo la mano en el bolsillo de su pollera y sacando un papel doblado en cuatro. Lo extendió y lo alisó con las manos para que su esposo pudiera leer aquellos garabatos negros—. Tómalo Johan y léelo por ti mismo. Y también pasa algo similar en la tradición hindú. Y en Nepal... Aunque parezca terrible, es considerado una tradición y en otros casos, casi un acto altruista...

—¡Basta!

Johan estrujó el papel en su mano y lo arrojó a los pies de Sancia. El bollo cayó sobre la tierra húmeda y negra como un súbito hongo blanco. Johan le dio la espalda y ocultó el rostro entre las manos. Se tambaleó y se aferró al muro. Sentía que perdía las fuerzas, que el cuerpo se transformaba en algo gelatinoso, sin sostén. Sancia se acercó para ayudarlo pero él la rechazó apenas sintió sus manos. Ella retrocedió, tomó el papel y lo guardó en su bolsillo.

—No volveré a hablar del asunto —dijo ella, con suavidad—. Quemaré el papel y lo olvidaremos... Perdóname si te ofendí. Nunca fue mi intención lastimarte.

Le dio la espalda y comenzó a caminar de regreso a la casa. En cierta forma, sentía alivio. (Pero también pena). Se preguntó si había hecho bien en preguntarle a Johan, en crear en él el desasosiego y la duda de una posibilidad... Apenas se había alejado quince pasos cuando Johan la detuvo llamándola por su nombre. Ella giró con lentitud.

—Tengo miedo, Sancia —dijo Johan—. Temo que dejes de amarme. Puedo soportarlo todo, menos eso.

Sancia no transcribió aquella conversación en su diario. Sólo se limitó a escribir que ella y Johan habían hablado en el huerto por un buen rato (nunca aclaró sobre qué tema). Tal vez temió las consecuencias que vendrían.

14

Sven llega diez minutos después que la enfermera. Se ha adelantado. Dice que no había mucho tránsito por este lado de la ciudad (le otorgo el beneficio de la duda). Se ha peinado (es increíble que me fije en esos detalles) pero aún así un mechón le cae sobre la frente (tiene el cabello lacio y rebelde). No posee rasgos muy armónicos: la mandíbula demasiado ancha, la nariz prominente y afilada, la boca grande y una cicatriz sobre el labio superior del lado izquierdo. En sus manos resaltan los tendones y las venas.

—Te llevaré a la mejor pizzería de la ciudad —dice.

El restaurante es una cantina italiana cruzando el casco antiguo, un poco más allá de los tribunales viejos. Vamos hablando de cuánto ha cambiado la ciudad, incluso en el casco antiguo se percibe el principio de un cambio, no siempre beneficioso.

La decoración del sitio es algo burda, plagada de clichés de película de mafiosos, con manteles a cuadros rojos y blancos y fotos de Nápoles y Milán. Nos atiende una mujer joven, muy sensual, al estilo Sofía Loren en sus mejores años que mira a Sven con fijeza.

—¿Te gustan las anchoas? —pregunta sin alzar los ojos del menú.

—No, las detesto, pero no me molesta el ajo —respondo. Una forma subliminal de decirle que se olvide de cualquier avance.

Hay demasiada luz y música estridente y anticuada: reconozco a Domenico Modugno, a Gigliola Cinquetti, a Umberto Tozzi. Hay varias familias con chicos metiendo bulla. No hay ni pizca de romanticismo en el aire, lo cual me relaja. No es una cita con expectativas de terminar en un revolcón entre las sábanas.

Mientras esperamos la comida me cuenta que lo descubrió al azar, cuando deambulaba por aquel barrio buscando un negocio de herramientas. Viene cada tanto, agrega.

En verdad, la comida se ve muy apetitosa. El detalle de las hojas de albahaca fresca me hace sonreír. Me recuerda a Sancia y su gusto por las hierbas aromáticas. Sven toma la porción con la mano (a la italiana, dice) y la devora en cuatro bocados.

—Estaba muerto de hambre —dice—. Hoy no tuve tiempo de almorzar. Hubo un cortocircuito en una obra del otro lado del río y apenas pude tomar un café de mierda en el ferry.

Lo escucho hablar mientras engulle (es una habilidad muy interesante). De pronto, se detiene y me mira.

—¿No te gusta? —pregunta.

—Está muy buena. En serio —digo. Estoy recién empezando la segunda porción y él va por la cuarta—. ¿No te hace mal atorarte así de comida?

—Nunca tengo mucho tiempo para comer —dice, encogiéndose de hombros—. Por lo general, como lo que encuentro; creo que he probado todos los sitios de comidas rápidas de la ciudad.

—Tienes un metabolismo magnífico. Cualquier otra persona estaría inflada como un globo.

—Quemo muchas calorías en el trabajo. Además suelo ir y venir en bicicleta, cuando puedo... Sin importar las distancias. ¿Quieres que salgamos algún domingo en bici? Hay un parque...

—Nunca aprendí a andar en bicicleta. Soy una chica de subterráneo —digo, sonriendo.

No quiero contarle que pasé mi infancia repartiendo mi tiempo entre la escuela y el psiquiatra, que la idea de dejarme sola aterraba a mi padre y a mis abuelos. En aquel mundo vigilado, los libros fueron mi salvación. La biblioteca, un recinto protegido, un reino mágico donde encontré los elíxires para curarme.

—Podría enseñarte.

Me río a carcajadas. Él ríe también. Tiene cierta inocencia en la mirada que me atrae. Para él, el mundo es tan sencillo, tan blanco o negro, tan bueno o malo que estoy casi tentada a aceptar su ofrecimiento.

—No, gracias. Seguiré con mis caminatas y mi auto eléctrico.

—Eso no es un auto, es una albóndiga con ruedas.

—Me ha servido fielmente hasta el momento... No necesito más.

De postre pide *cannolis* de crema y pistachos. Los engulle con sumo placer. ¿Dónde los mete? No tiene una gota de grasa en el cuerpo. Lo mío es envidia porque todo se me va a las caderas.

—Tu mamá es una DeGroot —dice y agrega: —Lo vi en la planilla que me dio el arquitecto cuando llevé el generador. Nació en la Colonia.

—Sí —respondo, sin entusiasmo. Hablar de mi madre no ayuda a mi digestión.

—¿Tienen parientes allá?

—¿Por qué te interesa? —pregunto, desconfiada.

—Para charlar de algo. Siempre quise comprar una parcela en esa zona. Las viejas familias no permiten que ingrese gente que no sea de su entorno.

—A menos que te cases con un descendiente —digo.

"Por ahí salta la liebre", pienso.

Le digo que se ha hecho tarde, que debería volver a la casa. No quiere dejarme pagar las cervezas. Insisto: era lo que habíamos acordado. Agrego que aquello no es una cita. Unas minúsculas líneas se le forman en el entrecejo: no sé cómo interpretarlas. ¿Se siente decepcionado? ¿Descubierto? ¿Su plan no ha funcionado? ¿Dónde se ha equivocado?

"¡Qué lástima! Me había empezado a gustar", pienso.

Atravesamos la ciudad, esta vez en silencio. El trayecto resulta largo y tedioso. Llegamos a la puerta de la casa de mi madre. Las luces de los reflectores se han encendido. Se baja para abrirme la portezuela y ayudarme a saltar un charco de barro. "Una lástima que no haya resultado; parece un caballero a la antigua."

¿O todo esto es una pose? Hasta Alex parece más honesto en comparación. Al menos nos gustábamos y teníamos buen sexo. Nos divertíamos. No nos hacíamos falsas promesas. Tal vez Alex llegó a quererme. Hablar de amor a esta altura del milenio es inaudito. Demodé, hubiera juzgado mi abuela paterna, esa señora francesa que admiraba a Sancia.

—El sábado...

—No, gracias —digo—. Buenas noches.

Estoy cerrando la puerta cuando me detiene. Mejor dicho, detiene la puerta colocando su mano en ella. Creo que no podría oponerle mucha resistencia si se empeñara en entrar.

—¿Hice algo malo?

—Fuiste muy obvio.

Lo sorprende mi respuesta; se queda como paralizado, algo aturdido como si acabara de darle un mamporro en la cabeza. Cierro la puerta. Listo. Se terminó.

La enfermera me despierta con una sacudida suave en el hombro. Son cerca de las cuatro de la mañana. Mi madre ha entrado en coma, me informa. Lo mejor sería llevarla al hospital, agrega. La fase final, supongo. La enfermera asiente. Le digo que llame a la ambulancia.

Tengo un bolso preparado para la ocasión. Meto el celular, el cargador, el diario de Sancia, algunos papeles. Puede ser breve como extenso, según tengo entendido: minutos o días. Pero todo llega a su fin y no hay milagro que pueda revertir el final.

Antes de salir envío un mensaje a mis hermanos. No es que se vayan a desvelar pero creo que es necesario que lo sepan: también es su madre. Envío un mensaje a mi tío Ismael, el hermano mayor de mamá. En cierta forma, es mi tío favorito y el único con el que he podido hablar sin tapujos ni secretos. Él se ocupará de avisar al resto de la familia: hay primos, algún que otro pariente lejano, relaciones inmediatas y mediatas. Pero nadie vendrá al funeral (me sorprendería que lo hicieran). Está bien por mí.

Se recoge lo que se siembra.

15

El vientre de Sancia comenzó a hincharse. A los cinco meses adquirió la redondez de un melón pequeño.

Gertha cantaba en la cocina mientras preparaba antiquísimas recetas familiares para ayudar al niño a crecer fuerte y saludable. Hannah y Wilhelm se avocaron a preparar el que sería el dormitorio de los niños (en plural). Hannah aseguraba que si había uno, luego llegarían otros, que el difícil siempre era el primero.

Wilhelm hizo, con sus propias manos y una habilidad desconocida, una cuna de madera clara y un sillón (rústico y pesado) pero muy cómodo para colocar junto a la cuna. Ana envió cortinas y sábanas bordadas para la habitación del niño por nacer y comenzó a barajar nombres (enviaba largas listas de posibles nombres como Adelaida o Celia, si eran niñas y Oscar o Iván si eran niños). Sancia se mostró inflexible en eso y dijo que, de ser niño, se llamaría Ismael y de ser niña, Sara.

Jeremiah sonreía (o al menos torcía la boca de forma que semejaba una sonrisa) cada vez que Sancia estaba cerca y no había mañana que no acercara el oído al vientre de la mujer para sentir los latidos del feto. Jeremiah aprobaba la elección de nombres y dio un par de sugerencias a Wilhelm para terminar el cuarto, ya que si bien era el más luminoso, era también el más frío, así que Wilhem colocó unos dobles postigos para que no se colaran molestas corrientes de aire.

Johan, en cambio, se tornó silencioso, distraído, como alunado.

Marian Lipz, que nunca podía guardarse las opiniones para sí, dijo que estaba abrumado: que la situación lo tenía asustado, que indudablemente no era un muchacho y la paternidad lo había sorprendido en edad adulta. Se le pasaría cuando tuviera el niño en sus brazos, como a todos los hombres.

—Será un padre excelente —aventuró la vieja urraca—. Pero, Jeremiah, tendrás que vigilarlo para que no mime demasiado a los niños. Un hombre tan bueno como Johan será un juguete en manos de los chicos. Y apenas pase un año, que vuelva a embarazarla. Tres es un buen número aunque cuatro es mejor. Bueno, y ahora que la situación está encaminada, deberías pensar en Wilhelm. No cabe duda que Sancia ha hecho un buen trabajo con ese muchacho y hay madres que lo miran con muy buenos ojos para sus hijas. Sin ir más lejos, Agatha, la esposa de Kurt, me ha pedido que consideres sugerirle a tu hijo que hable con María, su nieta mayor. Es una chica lista, con muchas buenas cualidades y acaba de cumplir los diecisiete años, una edad excelente para comenzar los preparativos de boda. Un año de noviazgo sería lo prudente, ya que las familias se conocen y no es necesario perder el tiempo en presentaciones y... ¿Te estás riendo de mí, viejo zorro? ¿Quieres verme negociar como una comadre de pueblo? Bueno, te entiendo, Wilhelm se ha convertido en un real mozo y los DeGroot son una familia rica. Sancia le ha pulido las aristas y ya no parece un salvaje. Incluso lo he visto en la ciudad y me ha saludado con mucha educación. ¡Bravo por esa muchacha! Reconozco que no pensaba gran cosa de ella cuando la llevaste a mi casa por primera vez; supuse que, como cualquier otra citadina, se iría de la colonia y no regresaría más... No cabe duda que Johan ha tenido un ojo excelente. No es una belleza pero es trabajadora y diligente y ha sabido darle a esta casa el aspecto de un hogar... Bueno, Jeremiah, lo que quiero decirte es que tienes que pensar en tu otro hijo y también en ese muchacho, Finnbar. Ese, te aseguro, no será tan fácil. Muchos padres han prevenido a sus hijas contra él. No nos engañemos: es mujeriego y bebedor, anda con esos muchachos buenos para nada y rehúye al trabajo duro... Con ese, te has dejado estar, Jeremiah. Sí, ya sé que no es tu hijo pero ha vivido siempre bajo tu techo, deberías haberle impuesto ciertas normas de conducta. Y supongo que Sancia no ha podido con él. No puedo culparla... Bueno, volvamos a Wilhelm. Si no le gusta María, puede hablarle a Frida, la pecosa. Acaba de cumplir los veinticinco, que no es tan mala edad. Y es fuerte como un roble. Le gusta trabajar en la granja. Es un poco hombruna y no muy agraciada, lo sé, pero será una buena compañera... No entiendo qué te ocurre... Deja de reírte, Jeremiah, o pensaré que te estás burlando de mí.

El viejo le dio a entender por señas y medias palabras que le hiciera el favor de sugerírselo ella misma a Wilhelm. Marian Lipz no se amilanó y, despidiéndose de su amigo, salió de la casa, apoyándose en su bastón. Jeremiah se quedó riéndose (como nunca antes se había reído).

Nadie supo qué le dijo Marian Lipz a Wilhelm. Hannah aseguraba (a quien quisiera oírla y eso fue media colonia) que ese cuervo con faldas salió a la carrera del granero y se trepó, casi de un salto, al ruinoso carricoche que usaba desde que Caín mató a Abel.

Detrás salió Wilhelm con un martillo en la mano y esa cara de haber tragado un diablo con cola y tridente que ponía cuando algo lo enojaba. El hombre se fue derecho a la casa y encontró a su padre en pleno ataque de risa. Gruñó algo que hizo que el viejo siguiera riéndose aún más y fue en busca de Sancia, que estaba en la despensa.

—No quiero esposa —dijo, antes de cerrar la puerta de un golpe.

Gertha y Hannah se quedaron mirando la puerta de la despensa. Morían de ganas de apretar sus orejas a la madera pero las aterrorizaba que Wilhelm las descubriera. Se acercaron unos pasos pero nada se escuchaba más que unos susurros. Supusieron que era la voz de Sancia calmando a la fiera. Cuando la puerta se abrió, Gertha se metió casi dentro de la cacerola donde preparaba el dulce y Hannah comenzó a batir la mantequilla y el azúcar con tanta decisión que la masa del kuchen de manzana fue la más esponjosa de toda la región.

Jeremiah murió en su cama, súbitamente, catorce días antes del nacimiento de Ismael.

Marian Lipz asistió al alumbramiento junto con el doctor Brühl y dos comadronas de la colonia: la madre Fitzberg y la madre Höll. No fue un parto fácil. Sancia estuvo en labor por siete horas. Madre Fitzberg dijo que era muy común un parto tan largo en las primerizas, que los siguientes nacimientos serían más fáciles. Madre Höll agregó que aquello se debió a que había sido un bebé grande, cuatro kilos, sonrosado y vigoroso, que las había ensordecido con su llanto. Marian Lipz lo envolvió en las mantas.

—Bienvenido seas, Ismael —dijo la anciana y salió con la criatura a entregársela al padre.

Johan estaba sentado en una silla en el pasillo frente a la puerta. Tenía los ojos enrojecidos por el llanto y había deshilachado, a fuerza de estrujarla, una excelente gorra de paño. Wilhelm paseaba por el corredor de un lado al otro, con las mandíbulas apretadas y la mirada enloquecida.

"No cabe duda de que Dios es sabio. Ningún hombre puede aguantar lo que sufre una mujer para dar a luz", pensó Marian al poner en brazos de Johan al niño. Éste lo miró como si no supiera qué era esa cosa sonrosada que asomaba de aquel lío de trapos y, después de observarlo un instante, lo dejó en brazos de Wilhelm. Sin importarle que el médico le dijera que saliera, Johan entró y aferró la mano de Sancia y besó la frente sudorosa de la mujer.

Marian Lipz se enjugó una lágrima, tomó su bastón y se dejó caer en la silla que Johan había dejado vacía. Alzó la vista y miró a Wilhelm. Las enormes manazas sostenían al recién nacido con tanta delicadeza que la mujer sintió otra lágrima aflorándole detrás de la primera.

—Supongo que serás el padrino del niño, ¿no?

Wilhelm asintió.

—¿Sabes cuáles son tus obligaciones para con la criatura?

—Sí, señora.

—Si Johan falta, deberás cumplir la función de padre hacia ellos y velar por la seguridad de la madre. ¿Estás dispuesto, Wilhelm?

136

—Sí, señora.

A Marian Lipz no le quedó duda de que lo cumpliría con fiero celo. Jeremiah podía descansar en paz. Había educado muy bien a sus hijos.

16

Hannah tendía la ropa cuando vio a una mujer apearse de un automóvil en el cruce de caminos. Era una mujer alta, rubia, con un elegante vestido claro y un abrigo liviano en los hombros a grandes cuadros, muy llamativo. La mujer se llevó la mano sobre los ojos a modo de visera. El sol le daba de pleno en el rostro. No era una mujer joven pero caminaba erguida y con gran decisión.

Sancia salió a la galería. Había visto a la mujer desde el segundo piso. Hannah se apuró: si había visitas, a ella le tocaba ocuparse del niño. Colgó las últimas prendas, recogió las canastas, las pinzas y limpiándose las manos en el delantal, entró a la casa casi a la carrera por la puerta trasera. Gertha le dio un vaso de leche y un plato con galletas para que comiera mientras cuidaba de la criatura. Aprovecharía el tiempo terminando algunas costuras: Ismael crecía día a día y la ropa le quedaba chica antes de poder gastarla. Salvo Sancia, todos en aquella familia eran altos, así que no había que asombrarse que Ismael también lo fuera. Y tenía los ojos azules, como su padre y su abuelo pero no era rubio sino castaño, como Jeremiah y Wilhelm. Sería un hombrecito muy atractivo.

Mientras subía la escalera, Hannah escuchó la voz de Sancia hablando con la recién llegada. Hablaban en francés. Como si cantaran. Si Dios no le hubiera dado tan poco seso, le hubiera gustado aprender otros idiomas, especialmente el francés que sonaba tan musical...

Hannah apoyó el plato de galletas sobre el costurero y con el pie, empujó la puerta de la habitación del pequeño que estaba apenas entornada. Retrocedió un paso, sorprendida y asustada. Junto a la cuna estaba Finnbar. Podía oler la ginebra. Y por la forma en que estaba parado podía decirse que estaba borracho. Hannah vio un destello plateado en las manos del hombre y, sin ponerse a razonar, dejó caer ropa, costurero y galletas. Al estropicio, se le sumó el grito agudo y penetrante de la mujer mientras se arrojaba sobre la cuna de Ismael, interponiendo su cuerpo huesudo entre el niño y Finnbar. El niño comenzó a llorar. Hannah no lo dudo: sacó al niño de la cuna y retrocedió con él en brazos.

—¡Cállate, idiota! —gritó Finnbar, arrojando al suelo el sonajero de plata—. No iba a hacerle daño.

Sancia entró a la carrera. Se le había soltado el pelo y le caía en irregulares mechones a los lados del rostro. Tenía las mejillas encendidas y los ojos brillantes semejando una de las míticas furias. Finnbar reculó un par de pasos.

—Llévate a Ismael —ordenó Sancia a Hannah. Luego, se volvió hacia Finnbar—. ¿Qué estabas haciendo aquí?

—Sólo vine a ver al niño y esa estúpida gritó —dijo el hombre, pateando el sonajero con la punta de su bota enlodada.

—No quiero que vuelvas a esta habitación, Finnbar —dijo Sancia, avanzando hacia el interior del cuarto. Su tono era firme pero también se notaba en él la cautela.

—No puedes prohibirme ir y venir por esta casa, puta. No puedes prohibirme nada —dijo Finnbar, irguiéndose—. Yo conozco tus secretos. Haré lo que me dé la gana, iré donde yo quiera y no podrás evitarlo.

Él acometió contra Sancia como un toro embravecido. Ella no retrocedió un solo paso, ni gritó ni le bajó la mirada. Finnbar la aferró del cuello con tanta saña que las lágrimas brotaron de los ojos oscuros, fríos y duros, que lo miraban con fijeza. Sancia alzó la mano y descargó una bofetada con toda la fuerza que poseía su cuerpo. Tal vez no fuera mucha pero el odio la centuplicó. La mano de Finnbar presionó más el cuello pero la mujer no demostró miedo. El hombre se estremeció bajo aquella mirada que parecía traspasarle el alma y sembrar en ella un terror sobrehumano. Soltó a Sancia, escupió a sus pies (tal vez la llamó bruja o alguna otra cosa soez) y corrió escaleras abajo para encontrarse a Wilhelm. Éste lo esperaba al pie de la misma y lo atrapó al vuelo; lo arrastró como a un cachorro rebelde y le hundió la cabeza en un cubo de agua sucia para que se le refrescaran las ideas. Wilhelm no dijo ni una palabra: ni siquiera respondió a los insultos de Finnbar. Luego, lo dejó ir.

Sancia se peinó con los dedos y se arregló el vestido. Se frotó el cuello y trató de esconder el enrojecimiento de la piel con un pañuelo de seda del cesto de costura caído. Abajo la esperaban. No podía hacerlos esperar más tiempo. "Nunca llueve pero diluvia", se dijo. Respiró profundo y salió de la habitación. Wilhelm aguardaba junto a la puerta de entrada de la casa.

—¿Estás bien? —preguntó ella.

Él sonrió (una de esas sonrisas escasas, amplia y hermosa, que solía regalarle a Sancia cuando estaban solos), salió y cerró la puerta con cuidado.

En la sala, la recién llegada estaba de pie. Había tomado su cartera y su saco y aguardaba a su anfitriona lista para irse. Sancia se disculpó por la interrupción, le pidió que se quedara un poco más y que terminara su historia.

En su diario, Sancia anotó: "La historia de Lena" y la escribió en ruso.

17

Me duele la espalda (cada uno de los músculos y cada vértebra). Llevo horas en este sillón traduciendo con el teléfono celular palabra por palabra del ruso. La traducción es aproximada (menos que eso: es esquemática, palabras sueltas, verbos sin conjugar). Son ideas inconexas hasta ahora y aún no he llegado ni a un tercio del texto; resulta una tarea hercúlea y cada tanto me detengo y me pregunto por qué lo hago, qué espero encontrar en esos garabatos. Mientras tanto he bebido tres cafés, escuchado el parte médico, transmitido las noticias a mis hermanos y al tío Ismael.

Son pasadas las once y media y tengo hambre. Una enfermera me recomienda un bar a una cuadra por la avenida. Salgo a la calle como si acabara de emerger de un submarino. Es increíble que hoy no llueva y sea un día seco y soleado; no hay una nube en el cielo que es de un azul celeste irreal, como de dibujo animado. Locura climática.

Estoy por cruzar la calle y veo a Alex. "¿Por qué?", me pregunto. Justo hoy no tengo ganas de lidiar con nadie y mucho menos con él. Pero no puedo esquivarlo. Viene en línea recta hacia mí, con la mirada fija y ese gesto de predador seguro de sí.

—¿Alguna novedad? —pregunta.

—Sigue en coma. De un momento a otro... ¿Cómo lo supiste?

—Me enviaste un mensaje a las cuatro de la mañana.

—Lo siento. Fue un error.

—¿Qué decía Freud de los errores?

—Y de los chistes, y de los lapsus, y de cualquier otra cosa —digo, haciendo rodar los ojos.

—¿A dónde ibas?

—A comer algo.

—¿Sola o con esa masa de músculos de nombre raro?

—Ni siquiera voy a responder a eso —digo.

—Vamos. Estoy en mi hora para almorzar.

No es un lugar bonito. Es un poco anodino. Las mesas son sencillas y, salvo una colección de espejos y plantas puestas en un rincón, no hay mucha decoración. Las paredes son blancas y las sillas negras, un lugar desangelado. El plato del día es pollo grillado con una ensalada de hojas frescas: un eufemismo para la ensalada de lechuga.

—¿Y Raquel? —pregunto mientras juego con el borde de la servilleta.

—Visitando a su hermana.

—¿Otra mentira?

Se echa hacia atrás en el asiento. Me mira. Es como si me observara a través del tiempo y del espacio. No voy a mentirme: me hubiera gustado conocerlo siglos atrás. Hubiéramos sido una gran pareja.

—Me está castigando —dice—. O eso cree que está haciendo...

—Bien por ella. Aunque, sinceramente, no creo que tengas arreglo. Eres un mentiroso congénito.

—Eso dolió.

—¡Ay, por favor! No te entran las balas. Tu pellejo es muy duro.

Traen la comida. Nos miramos uno al otro por unos segundos: ¿cuántas veces hemos estado en situaciones similares, frente a frente? Alex aliña la ensalada porque dice que yo le pongo demasiada sal y la arruino. Me pasa la pimienta. Espolvoreo un poco sobre el pollo que no luce muy apetitoso.

—Te extraño —dice.

¿Suena sincero o es una de esas actuaciones dignas de un Oscar? Quisiera creer que es verdad, al menos un poco, apenas lo suficiente para alimentar mi maltrecho ego.

—Sí, yo también. A veces.

—¿Entonces?

—Comeremos como dos buenos amigos, Alex, y nos despediremos hasta la próxima vez que la vida quiera tendernos una trampa y nos encontremos en otro bar de mierda.

—Muy poético.

—Al menos no te lo dije en ruso.

Sigo traduciendo como puedo: de a dos o tres palabras o alguna expresión. Demoro media hora en dar con un verbo, lo cual es muy frustrante. He dormido en la silla, apoyada la cabeza contra la pared, no más de media hora y he despertado con un terrible dolor de cuello. He tomado más y más café: ya he perdido la cuenta. Apenas puedo con la acidez. Para el siguiente parte médico, ya he terminado de traducir las palabras. Ahora deberé tratar de darle algún sentido, seguir un hilo aproximado en la narración.

El médico me pregunta si quiero pasar a verla. Le digo que no.

Soy rotunda e inconmovible.

Me aseguro que tengan mi número de teléfono y me voy a la casa a dormir. En el hospital no hago ningún bien y me caigo de sueño. Mi espalda reclama la posición horizontal y algún que otro ejercicio de yoga para descomprimir las tensiones. Me arde el estómago de ese brebaje negro al que llaman café. (Y la curiosidad me carcome: Lena, la madre de Johan, ha aparecido en escena. Y todo el mundo, incluso su hijo, creyéndola muerta).

El taxista me pregunta si quiero ir a otro lado: en la puerta de casa (esa isla en medio del barro), está Sven, enorme bajo la luz del reflector. Le digo al chofer que todo está bien, aunque no lo esté. Bueno, más o menos, Sven no me parece una amenaza pero con el cansancio físico y emocional que tengo, no podría distinguir el mal del bien aunque me mordiera el culo. Y sinceramente, me importa un carajo. Sólo quiero entrar a la casa, darme un baño, tenderme en la cama y descifrar aquel secreto que Sancia encriptó en ruso para que las generaciones futuras nos quemáramos el seso.

—Vine esta mañana y no había nadie. Pregunté por la zona y me dijeron que habían visto pasar una ambulancia —dice.

—Sí, está en coma —respondo.

El taxi se ha alejado en la oscuridad más allá del halo del reflector. Jugueteo con las llaves (un gran llavero de

Mickey Mouse que me regaló Jimmy cuando fue a Disneylandia) pero no abro la puerta. Que ni sueñe que va a entrar por un café o un poco de agua, no estoy de humor para lidiar ni con la Madre Teresa.

—Lo lamento. ¿Puedo ayudarte en algo?

—No, gracias. Me arreglo sola —digo.

Sigo jugando con las llaves: siento como la costura de la cabeza del muñeco comienza a ceder bajo mis dedos. "A este sujeto no le llegan las indirectas por lo visto. Voy a tener que decírselo con todas las letras", pienso.

—Estoy muerta de cansancio. Hoy fue un día muy largo como te imaginarás... Gracias por preocuparte pero si me disculpas, me voy a dormir un rato.

—Sí, perdón, lo siento. Sólo quería preguntarte algo.

—Si es rápido...

—Me quedé pensando sobre lo que me dijiste y creo que me malinterpretaste. Si pensaste por un momento que me acerqué para conseguir tierras en la colonia, estás muy equivocada.

—Eso no es una pregunta.

Se yergue, se estira, se expande. Aspira profundamente hinchando el pecho. Resulta imponente como un toro preparándose para la cornada. Pero estoy demasiado cansada como para sentir miedo. Sólo me queda el fastidio y la desilusión y...

—No me conoces. No sabes cómo soy —explota de pronto—. Y sin embargo, me juzgas.

—Bueno, mañana me llamas y me recriminas todas las injusticias que he cometido en tu contra, ¿de acuerdo?

Estira la mano y trata de asirme.

(¿En serio? ¿A una mujer que ha recibido los golpes más bajos que la vida puede dar? ¿A alguien que descree del amor en todas sus formas? ¿Piensa, por un minuto, menos tal vez, que por estar exhausta —y supone que también vulnerable emocionalmente— va a poder hacerme cambiar de idea con un beso? ¿De qué siglo salió este sujeto?)

Doy un salto hacia atrás y le pongo la mano en el pecho en un intento por detenerlo. Mis dedos sienten su musculatura a través de la ropa: ¿debería sentir miedo? Podría reducirme con un solo brazo si quisiera y todos esos cursos de defensa personal que alguna vez hice no me servirían de mucho. "Vamos, mujer, actitud", me digo. Me mantengo firme, con el brazo estirado y una actitud desafiante.

Se detiene al instante. Me mira como si lo hubiera golpeado y aún estuviera atontado. Es el momento de contraatacar y ganar terreno.

—Buenas noches. Mañana mismo avisaré a la constructora para que vengan a retirar el grupo electrógeno —digo.

Retrocede tres pasos, aún con esa cara de no comprender el idioma. Me da la espalda. Va hacia su destartalada camioneta y abre la puerta. Pero se detiene y con voz fuerte y clara, para que no haya ninguna duda ni malentendido, dice:

—No hace falta. El grupo electrógeno es mío. Vine varias veces cuando estaban demoliendo el barrio y te observaba. Incluso te ayudé una vez cuando se te rompió la bolsa de las compras. Lo hice antes de saber quién era tu mamá. Pero estaba ese sujeto, Alex, y...

Sube a la cabina, enciende el motor y se va dejando en el aire esa frase sin terminar. Es como si los puntos suspensivos flotaran tras él como la estela de un barco.

No quiero pensar. Abro la puerta y la cabeza de Mickey Mouse se desprende del cuerpo. La casa está oscura y fría. Empieza a oler a humedad, a deterioro, a cansancio. Ella también se está dando por vencida.

18

Sancia vio llegar a la mujer y bajó. Desde la ventana del cuarto de Ismael había podido notar, por la forma de vestir y andar, que no era de la colonia. Llevaba zapatos con tacón, una cartera demasiado elegante y un vestido de buen corte. Llevaba también el cabello rubio muy corto, brillante y ondulado, como era la moda parisina de hacía unos años.

—Buenos días. ¿Es esta aún la granja DeGroot?

—Sí, lo es. Soy Sancia, la esposa de Johan DeGroot —dijo, tendiéndole la mano a la desconocida.

—Soy *madame* Feraud. ¿Está su esposo en casa?

—En el campo. Llegará de un momento a otro.

—*J'aimerais parler avec toi seul* —dijo y continuó en francés—. Sé que usted me comprenderá... Fui... Soy Lena DeGroot.

Si hubo un instante de incertidumbre, de desconcierto, Sancia supo sortearlo con rapidez y elegancia. Invitó a pasar a la mujer a la sala y le ofreció té. Pero ella lo rechazó. Le dijo que había venido desde Nueva Orleans a una ciudad cercana, por negocios, tenía una casa de modas, aclaró, y había decidido visitarlos, de incógnito, si fuera posible, para saber cómo estaba su hijo... Disponía de poco tiempo. Se había enterado (no dijo cómo) que Jeremiah había muerto y que Johan se había casado. Casi treinta años le había tomado volver y creía que no regresaría otra vez. La vida la había llevado hacia otros rumbos, lejos de la colonia, y su negocio y familia estaban muy lejos...

Sancia accedió a responder sus preguntas. Sí, confirmó, Jeremiah había muerto: había pasado un tiempo incapacitado pero al final, suponía que no había sufrido. Ella y Johan se habían casado y tenían un niño: Ismael, de pocos meses. Un niño fuerte y saludable, agregó con una sonrisa. Jeremiah se había vuelto a casar y había tenido otro hijo, Wilhelm, del segundo matrimonio, que vivía con ellos en la granja y se llevaba muy bien con Johan.

—Entonces, todo está bien —dijo Lena, con alivio.

Antes que Sancia pudiera responder, se escuchó el grito de Hannah atravesando la casa como una cuchilla caliente. Sancia subió la escalera como una lagartija atizada por una jauría. Sintió el miedo y la furia crecer en ella cuando vio a Finnbar en la habitación de su hijo. Sólo le importó poner al niño a salvo.

Cuando bajó, más recompuesta, volvió a la sala y se encontró a Lena dispuesta a irse.

—La acompañaré hasta el cruce —dijo Sancia—. Quisiera hacerle unas preguntas. Si gusta salir por la cocina, podrá ver a Ismael.

—Gracias.

Madame Feraud acarició la cabeza castaña, le hizo algunos mimos y salió detrás de Sancia, como si fueran viejas amigas.

—La creíamos muerta.

—Fue una confusión, en verdad, querida. Yo me fui... por muchas razones... y dos días después apareció una mujer muerta a treinta kilómetros al norte de aquí. Al parecer se había arrojado bajo las vías de un tren. O tal vez fue un accidente. No sé... Un hombre en la estación dijo que la había visto un rato antes, caminando sola por el andén. Pensó que estaba esperando a alguien. Su descripción coincidía con la mía: cabello rubio, joven, con un traje oscuro. Jeremiah no pudo reconocer el cadáver, no quedaba mucho, pero Marian Lipz dijo que sí, que era yo, por el cabello, por la forma de la mano, por los zapatos. ¿Quién puede reconocer a otro por los zapatos? Creo que quiso ayudar a Jeremiah porque intuía que yo no iba a regresar.

—¿Por qué se fue, Lena? ¿Por qué dejó a Johan? ¿No lo amaba?

—Nunca quise ser madre. Tampoco quise casarme con Jeremiah. A pesar de que fue un buen esposo y supongo que un excelente padre pero yo quería viajar, conocer el amor. Pero era poco más que una adolescente cuando me casaron. Tuve miedo de oponerme a mis padres. No fui valiente. Acepté las imposiciones sociales y un día... un día tomé una soga y estuve a punto de colgarme de una viga. Entonces fue cuando decidí que la muerte no era la solución a nada. Dejé a Johan al cuidado de una vecina con la excusa de ir al médico en la ciudad. No me llevé más que lo puesto y un poco de dinero para el pasaje en tren.

—No debió ser fácil.

—No lo fue. Se me partió el alma al separarme de él... Pero todo tiene su recompensa —dijo Lena—. Conocí el amor.

Abrió la cartera y sacó la fotografía de una elegante mujer negra en un sentador traje a rayas, reclinada en la balaustrada de un puente.

—Su nombre es Odette. Odette Feraud.

De regreso a la casa, Sancia cargó el peso de otro secreto. Había cosas que eran mejor mantener ocultas, sepultadas, porque al revivirlas, contaminarían el aire para mal. Johan había perdido a su madre siendo un niño. Así debía quedar. Lena estaba muerta: había sufrido una muerte horrible. Sancia no podía dejar de comparar lo escuchado con Anna Karenina, que había leído en una de sus andanzas con su padre por Rusia.

Sancia no apuraba el paso, caminaba casi con desgana, la cabeza puesta en filosofar sobre la moralidad y la naturaleza humana, la cobardía (o la valentía) de Lena y tal vez, la suya propia. Comprendía bien a Lena y le era imposible juzgarla con rigor: aquella vida no era fácil y, por momentos, deseaba escapar, dejar de ser la señora de la casa, con sus rutinarias obligaciones, para ser otra vez libre, yendo a la ópera o pasando las tardes escuchando sesudos profesores hablar de los etruscos o los macedonios.

La imagen de su padre regresó a ella. Esa vez, caminando a su lado, apoyado en su bastón de caña Malaca.

—Nada te detiene, hija mía. Podrías entrar a la casa, subir a tu habitación, tomar un poco de dinero, el colgante que Devdan te regaló e irte en el primer tren. Tus opciones son mejores que las de Lena. Podrías regresar a la India —decía don Juan—. Ya has cumplido con esta familia, ¿no es así? Les has dado un futuro. Y ten por cierto que a Ismael no le faltarán cuidados. Johan y Wilhelm se encargarán de convertirlo en un hombre de bien.

A lo lejos, vio a Johan. Mejor dicho, reconoció su figura espigada, su modo de andar: erguido, con una casi imperceptible inclinación de la cabeza hacia la derecha.

—Vives encerrada entre estas paredes que no representan para ti ningún desafío intelectual. Tus dones se desperdician: tu educación, tu sensibilidad y tu juventud se pierden en estos parajes y entre estas personas. Nada mejorará con el tiempo —decía el espectro.

Los pies de Sancia se volvieron de plomo, clavados a la tierra del camino. Se quedó parada a metros de la casa, observando el conjunto agradable pero poco pintoresco. Podría correr al interior y salir como una exhalación por el huerto y Johan no la vería (en ese momento, Johan estaba mirando hacia el oeste, hacia el potrero donde un par de yeguas preñadas pastaban en completa tranquilidad). Descubrirían su ausencia horas después, cuando el niño la reclamara o hacia la hora de la cena cuando no estuviera en la cocina cerciorándose de que todo marchaba como debiera. Se preguntarían qué habría ocurrido con ella: Johan, Hannah, Wilhelm, Anna... El mundo la devoraría. El mundo era enorme y podía engullirla sin dejar rastro. Ella era hábil y podía tornarse anónima en unos pocos kilómetros fuera del área de influencia de la colonia. Se iría lejos, tan lejos como ninguno de ellos se atrevería a pensar: India o Rusia. Tal vez, Grecia. O algún lugar donde nunca antes hubiera estado. Sí, un nuevo desafío.

El sol caía sobre Johan arrancándole destellos dorados de los cabellos. Los brazos largos, moviéndose a los lados del cuerpo como remos desacompasados, lo tornaban una imagen extrañamente estilizada.

—Una nueva vida en algún lugar maravilloso. Persia o más lejos aún, siempre te ha gustado el Lejano Oriente —incitó el fantasma paterno—. Un nuevo nombre. ¿Qué te parece Lilith? Ella abandonó a Adán y el Edén por una vida más tumultuosa... Tal vez, un nuevo amor. O el amor verdadero. ¿Ya has olvidado a Devdan? Podrías buscarlo con discreción: sabes dónde están los negocios familiares, sería cuestión de hacer averiguaciones. Podrías aceptar ser su amante: el príncipe y la dama. Nadie se asombraría en París, al contrario, serían el furor de la temporada... Imagina el teatro, la ópera, los vestidos, Maxim's. Confiesa que se te hace agua la boca por el *Foie Gras*, por los profiteroles, por el *Filet de Bœuf*. Y la música y el arte...

Sancia se estremeció como si algo helado se le clavara entre las vértebras. Observó el verde amarillento del campo que necesitaba lluvia. Sintió el polvo que el viento alzaba y le raspaba la piel. Escuchó el canto desafinado de Gertha para hacer reír al niño. Un leve olor dulzón de podredumbre le llegaba desde el huerto por la fruta caída que los cerdos aún no habían devorado. Sintió los años por venir como una pared de ladrillos contra la que golpeaba una y otra vez sin encontrar la salida. Se vio a sí misma en el mismo lugar como si aquel punto del universo se hubiera detenido pero a su alrededor la vida continuara girando y alejándose de ella. Vio su tumba en el cementerio junto a la de Jeremiah. Nunca saldría de aquel lugar.

Estaba condenada para toda la eternidad.

Corrió.

Sintió que sus piernas eran fuertes y sus pasos, largos y rápidos. Los cabellos escapaban del peinado y le golpeaban los hombros y la espalda. El aire estaba lleno de sonidos y palabras...

Johan la recibió en sus brazos. Había corrido hacia él. Había saltado a su cuello y le había pedido que la abrazara, que no la soltara. Y él había obedecido, hundiendo el rostro en el hueco del cuello de su esposa, aspirando su olor.

—Te amo, Johan.

19

Una habitación blanca y rectangular dividida en cuatro cubículos por mamparas deslizables, el ir y venir afelpado de las enfermeras como gatos en la noche y el registro silencioso de máquinas que atestiguan el último instante conformaban el cliché de la muerte. Las luces se atenúan hacia los extremos de la habitación y todo es tan sobrio y huele a desinfectante y a enfermedad. Un pasillo. Una puerta. Ella. O lo que quede de ella. Con suerte, un hilo de conciencia adormecida por la morfina. Podría hacer la pregunta que todos hacen en estos casos: ¿Sufre? Alguien responde para tranquilizar al superviviente: No, no lo hace. (Hay cierta culpa en el seguir viviendo). Supongo que debe sentirse aliviada de que ya ha comenzado el fin de semejante ordalía. La pregunta que quisiera hacer es: ¿Comprende? Y la respuesta que me gustaría recibir: sí.

No hablo. No hago preguntas.

Me acerco a su cama. La enfermera de turno está detrás de una mampara controlando las máquinas: corazón, oxígeno, presión sanguínea. La vida reducida a unos cuantos parámetros. No quiero que suene a despedida. No la merece. Tampoco quiero hacerle reproches. Ya los hice, como pude, en mi adolescencia. No busco quedar en paz con ella. Hace años que la he olvidado. Lo nuestro es una invisible cadena circunstancial que está a punto de liberarnos.

No la toco. No quiero hacerlo. Podríamos confundirlo con una caricia. A ella no le gustaría. Me odiaba por sobrevivir. Ella quería ser Medea castigando a Jasón. Yo se lo frustré. Una cosa más que no resultó como debiera haber sido.

—Estoy leyendo el diario de Sancia. Lena no murió. Se fue con otra mujer a Nueva Orleans donde vivió feliz. Veré si puedo rastrearla. A Lena y también a Devdan —digo, en un susurro cerca de su oído—. Cada día me convenzo más y más de escribir esta novela. Wilhelm no era un mal hombre, al contrario, supongo que es el héroe de la historia: amaba a Sancia hasta el punto de verla con otro, de ser feliz por ella, de aceptarlo todo por no perderla. Pero eso nunca te importó. Te molestaba la traición de ellos porque papá te había traicionado. Johan había sido un buen esposo, un buen hombre. Tú también eras una buena esposa. Te identificabas con él. Pero había una diferencia enorme que no pudiste notar y ahí residió tu error. ¿No te interesa saber cuál fue? Vamos, pregúntame dónde te equivocaste. Tantos años viviendo equivocada, envenenado todo a tu alrededor. Y es tan sencillo: un detalle estúpido que pasaste por alto. ¿Te interesa saberlo?

Hago un silencio. Respiro profundo. Cierro los ojos. Decido que esa será la última vez que entre a verla, la última vez que le hablaré. Deseo que pueda entenderme.

—Sancia amaba a Johan. Sí, lo amaba. Ella se dio cuenta que él era el amor de su vida, su único y verdadero amor —digo—. Ambos se amaban. En cambio, nunca hubo suficiente amor dentro tuyo; sólo egoísmo, orgullo ultrajado... y me odiaste porque era la preferida de papá y de Wilhelm, porque él decía que me parecía a Sancia.

157

Me alejo de una vez por todas.

Regreso a la casa. Es noche cerrada y no hay luna. Las nubes cubren las estrellas. La oscuridad se interrumpe con el detector de movimiento. La imagen de Sven se forma en mi mente.

No quiero pensar en él. Ni en Alex. Y mucho menos en mí.

Voy a dormir y dejaré que el mundo fluya sin mi intervención. Ya veremos mañana.

Taza de café: la más grande que pude encontrar y la lleno hasta el borde. Enciendo la computadora en la mesa de la cocina. Me quedo un rato mirando el cursor y bebiendo el café, con las piernas estiradas bajo la mesa. El silencio es denso y húmedo. Pienso en Lena y en Devdan. Dejo la taza a medio terminar y empiezo a mover frenéticamente los dedos sobre las teclas: en media hora despacho un centenar de correos: historiadores, asociaciones civiles de conservación del patrimonio histórico, registros, posibles descendientes, lo que se me ocurra. He decidido que voy a encontrarlos (bueno, su rastro, una tumba, sus nietos, lo que haya quedado).

Voy a encontrarlos. Lo he decidido.

20

—Finnbar debe irse de la granja. De la colonia, si es posible —dijo Wilhelm a Johan mientras ambos intentaban arreglar el motor de la cosechadora que con una tozudez propia de maquinaria vieja fallaba una y otra vez.

—¿Por qué?

—Ha ocurrido algo —dijo Wilhelm.

Johan abrió la boca como para continuar pero Wilhelm, limpiándose la grasa de las manos en un trapo, le hizo señas a su hermano mayor para que encendiera el motor. Hubo un gorgoteo y un esperanzador segundo de arranque pero la cosechadora tosió como un anémico atragantado.

—Wilhelm, no des más vueltas al asunto.

El hermano menor hundió los brazos en el motor. Demoró unos instantes en volver a surgir. Se limpió las manos en las perneras del mameluco y soltó la llave de tuercas en la caja de herramientas. Se acercó a la cabina y, con una economía telegráfica de palabras, contó lo ocurrido en el cuarto de Ismael. Johan sintió que las extremidades se le enfriaban como el hielo. Apenas pudo tragar la saliva que le inundaba la boca.

—Hannah te lo contará mejor que yo —dijo Wilhelm, regresando al motor—. Ella estuvo presente.

—Sancia no me dijo una sola palabra al respecto —murmuró Johan.

—Eso es tu culpa. No de ella.

—¿Qué quieres decir?

Wilhelm se encogió de hombros. Se acercó a la caja de herramientas y tomó una llave más grande y apretó aquí y allá con más instinto que conocimiento. Las manos de Johan se cerraron sobre el volante de la máquina.

—Debes hablar con él hoy mismo —dijo Wilhelm, emergiendo—. Yo estaré a tu lado.

—No necesito ayuda.

—No digo que la necesites, Johan. Sólo digo que yo estaré presente cuando lo hagas. Tiene que comprender que es decisión de la familia DeGroot. Y que él no lo es.

Ante semejante discurso, Johan se quedó pensativo. No sólo lo había sorprendido la locuacidad de Wilhelm sino la vehemencia que impregnaba sus palabras.

Comprendió que su hermano menor no iba a cejar hasta que Finnbar se fuera.

También comprendió que los motivos no eran suficientes. Finnbar no había tenido intención de dañar a Ismael. Sancia no le había dicho palabra sobre el asunto porque así lo había considerado. Sin embargo, suponía que Wilhelm callaba algo importante, algo que nadie iba a arrancárselo si él no quería. Podían quemarlo a fuego lento pero Wilhelm era tozudo como la peor mula empacada y nadie le sacaría una palabra que no deseara decir.

Johan se encontraba en un dilema: desde chico, Finnbar había sido una criatura rebelde, una fuente de dolores de cabeza para Jeremiah. Con la adolescencia, se tornó pendenciero y las quejas sobre su comportamiento granizaban sobre la granja. Jeremiah había usado el cinturón de cuero para aleccionarlo pero Finn no había aprendido la lección. Johan recordaba una conversación entre el viejo Kurt y su padre:

—Te lo repetiré una vez más: Finnbar te traerá más problemas que dicha... pero no quieres escucharme.

—No puedo negarle un refugio ni una familia.

—Haz lo que dicte tu conciencia, Jeremiah. Eres un hombre prudente y de buen corazón pero también hay que pensar en la paz del propio hogar... Supongo que tus hijos heredarán el problema junto con la tierra.

El viejo Kurt era un hombre práctico con mucho sentido común. Se decía que ningún problema le había quitado el sueño ni una sola noche. A Jeremiah, su padre, lo movía la bondad.

Y a Wilhelm, ¿qué lo predisponía en contra de Finnbar?

Durante muchos años, Finnbar se había burlado de Wilhelm. Lo había llamado asno, borrico y hasta cochino, le había tendido trampas y zancadillas. Le había echado medio salero en el café o azúcar en la sopa. Y Wilhelm lo había soportado estoicamente: jamás una queja. Más de una vez Johan deseó que Wilhelm hiciera prevalecer su fuerza y le diera una pedagógica tunda pero nunca había ocurrido. Su hermano se había limitado a cambiar la taza de café o el plato de sopa, a levantarse del suelo, a poner oídos sordos a los insultos. ¿Qué había cambiado...?

Johan supo la respuesta antes de terminar de pensar la pregunta.

Supo también que Wilhelm tenía razón.

161

—Bueno, hermano —dijo Johan—, la condenada máquina no tiene intenciones de revivir. Será mejor comprar otra en la ciudad... Vamos a buscar a Finnbar. Ahora es tan buen momento como cualquier otro.

Durante la cena, nadie pareció sorprenderse de que el sitio de Finnbar estuviera vacío. Muchas noches no llegaba a cenar y lo encontraban durmiendo en el granero o en el porche trasero. Era dueño de irse y venir a su antojo, incluso emborracharse, siempre y cuando, al día siguiente, cumpliera con sus obligaciones.

Gertha sirvió la sopa y se despidió. A los señores DeGroot les gustaba cenar en intimidad (posiblemente para discutir problemas de la granja y sabían atenderse muy bien ellos mismos, afirmaba Gertha). Hannah llevó al niño a su cuna. Desde que había nacido Ismael, Hannah se quedaba a dormir en la casa. Usaba un cuarto pequeño, un trastero que habían acondicionado para ella. Pero desde lo ocurrido con Finnbar, sin preguntar ni pedir permiso, Hannah había armado su catre junto a la cuna del niño. Cada noche, cerraba la puerta con cerrojo y no se apartaba ni dos pasos de la criatura.

—Finnbar se ha ido —dijo Johan cuando estuvieron solos.

Sancia alzó la cabeza y miró a su esposo por sobre la sopera humeante. Luego, buscó los ojos de Wilhelm pero éste estaba muy entretenido hundiendo la cuchara en su plato y revolviendo las verduras.

—Gracias —dijo ella, y suspiró aliviada.

Un mes después de aquello, Sancia escribió en su diario: "Creo que estoy embarazada otra vez. Me gustaría que fuera una niña."

21

Tomo unas cuantas carpetas archivadoras que compré en el supermercado. Les coloco etiquetas y voy acomodando los papeles de Sancia según un orden riguroso. No descarto nada (una nunca sabe). Ni siquiera mis primeros borradores en los que fui buscando la voz de la historia (algunas páginas merecen la hoguera). Posiblemente, no salga nada útil de esto pero los guardo (siempre hago lo mismo; es como un fetiche). Hay cartas (abundante correspondencia con matasellos de diferentes lugares del mundo), fotos, incluso recibos de compras. Separo la correspondencia familiar de la comercial. Hago lo propio con las fotos: hay muchas de los niños. Tendré que llevarlas al tío Ismael para que me hable de ellas. Siempre le ha gustado contar historias sobre su infancia.

Hago una pila con los documentos importantes: partidas de nacimiento, de defunción, de matrimonio. También hay un montón de papelerío legal que dejo a un lado para desbrozarlo con mayor tranquilidad.

Hay unos cuantos recortes del diario local: el tío Ismael ganando la carrera de los doscientos metros llanos cuando aún estaba en la escuela (siempre dijo que había sido un buen atleta), el tío Jacob justo antes de alistarse de voluntario para ir a la guerra (a una guerra lejana que jamás nos incumbió directamente y que aún hoy me cuesta encontrar en un mapa), de mi madre junto con otras niñas de la zona disfrazadas de abejas y flores para un festejo de primavera (es una foto borrosa en la que es difícil distinguirle los rasgos pero estoy segura de cuál es ella por el color del cabello).

Tropiezo con unas cuarenta tarjetas personales atadas con una cinta amarillenta. Trato de deshacer el nudo y la tela de la cinta se me desbarata entre los dedos convirtiéndose en hilachas. Las tarjetas se desparraman por el suelo, debajo de la mesa, de las sillas. Se han escapado de mis dedos como hormigas alborotadas. Las junto con las manos en un informe montón y me aseguro que no quede ninguna debajo de algún mueble. Algunas cartulinas están quebradizas y oxidadas. Debo tratarlas con sumo cuidado. Ya las revisaré. Hay algunas muy bonitas: de diferentes colores, labradas, con dibujos en relieve.

Mientras las dejo sobre la mesa, entra un mensaje del tío Ismael: "¿Cómo estás, nena? Llámame si necesitas algo." Le mando un emoji, una carita soltando un beso y agrego un lacónico "OK". Me quedo mirando el teléfono: dicen que tío Ismael se parecía mucho a Johan, que era el vivo calco. No recuerdo mucho de Johan: era una figura alta y silenciosa que siempre estaba con Sancia, como una sombra de cabellos blancos. Mirando las fotos que Sancia guardaba, encuentro el parecido. Ambos altos, espigados, muy parecidos al bisabuelo Jeremiah. O tal vez, quiero encontrar ese aire de familia, esa pertenencia, no sé.

Vuelvo hacia los montones de papeles: hay una pila de recibos, pedidos, propagandas. No sé qué hacer con ella. Es realmente abultada. La observo con indiferencia y decido que me desharé de las menos relevantes; las voy apilando en diferentes grupos. Tres recibos de una modista me llaman la atención: "Satin & Georgette Haute Couture". Uno de los recibos está firmado por "Madame L". (Un repentino ataque de palpitaciones y

164

sequedad en la boca me impiden respirar bien: me ahogo, toso, me lloran los ojos). Un rayo epifánico cruza mi mente como una flecha mal dirigida. Desordeno las tarjetas sobre la mesa: ese logo, ese nombre lo he visto antes. Ahí está: en una tarjeta de opalina azul que ha empezado a aclararse en los bordes. Las letras en dorado resaltan aún "Madame L. Feraud, modista".

La dirección es de esta ciudad, en el corazón mismo de lo que era "el barrio francés". Tomo una foto de la tarjeta y de los recibos para asegurarme de no perderlas. Busco la dirección en Google. Por suerte estoy sentada, de lo contrario me hubiera caído de culo. La dirección coincide con una casa de alta costura: Maison Feraud Haute Couture.

(Otra vez palpitaciones y las manos sudorosas y esa sensación de que los astros comienzan a alinearse en mi favor).

Miro la hora. Tengo tiempo suficiente. Meto el celular y cuatro cosas en mi morral. El plan es sencillo: escucharé el parte médico e iré a Maison Feraud. Indudablemente no encontraré a Lena pero alguien debe saber qué ocurrió con ella, quiero saber la historia de cómo llegó acá, cómo se relacionó con la familia (seguramente no con mi madre). Lo que sé es que Sancia la visitaba como clienta. Seguramente, sus hijos la acompañarían de vez en cuando, una inocente visita a la modista y luego, a otras tareas. Tal vez, Johan la esperó en la antesala o fue a buscarla a la puerta (eso sería demasiado arriesgado aunque los años pueden distorsionar los rostros de las personas; Johan bien pudo saludar a Madame Feraud y no darse cuenta de quién era). ¿Por qué Sancia habría hecho una cosa así? ¿Se lo habría pedido Lena o era sólo una de esas ideas de mi abuela?

Me parecía escuchar la voz de mi editora: "Sí, vamos, ve. Averigua. Eso dará profundidad a la historia." Más profunda y nos caemos a un pozo.

Entro al garaje y veo el generador a un lado como un estólido armatoste. Me subo a mi pequeño auto eléctrico biplaza, poco más que un prototipo sueco. Cruzo ese mar de barro hasta el pavimento, casi mil metros de lodo resbaladizo. Lo dejo estacionado apenas piso el asfalto. Hay muy poco tránsito por esa calle debido a la construcción, o debo decir por la destrucción del barrio. La casa es un punto negruzco que sobresale como un forúnculo. No sé si me alegra o me entristece desprenderme de ella. Sólo sé que es inevitable y, en cierta forma, alivia el dolor de la pérdida.

Camino tres cuadras hasta la boca del subterráneo. Hay poca gente en la calle, todos ellos apurados, con las manos en los bolsillos; soy una sombra que pasa junto a ellos, anónima, común, borrosa. Sin embargo, es una sensación agradable la de no ser reconocida, señalada, ni adivinar las murmuraciones a mi espalda. Hubo un tiempo que deseé ser invisible, intangible e inconsecuente como una pompa de jabón. Ahora, lo he logrado y lo disfruto. El subterráneo me dejará a pocos metros del hospital. Consulto el mapa de las estaciones que está pintado como un gran mural a la entrada. Para el barrio francés deberé hacer transbordo en la Estación Plaza Central. La ciudad se ha extendido como una gran araña.

Alguien canta en el andén. Un guitarrista lo acompaña. "I´m gonna be (500 miles)", tema de una película en la que trabajaba un Johnny Depp adolescente. ¿Cuándo fue que la vi? Sí, ahora recuerdo, en la granja con mis primos, comiendo palomitas y pasteles de arándanos. El cantante hace un excelente *cover*. Me retrotrae a otros tiempos. ¿Más felices? Posiblemente. Le dejo unos billetes en el estuche de la guitarra antes de subir al tren. Y la música se me pega y me acompaña como fondo musical de mis pensamientos. No soy de baladas romanticonas. Prefiero a Joan Jett o a Twisted Sisters. El *ringtone* de mi celular fue "Who can it be now?" de Men at work por más de dos años. Amaba ese saxo.

El parte médico no es alentador. Estable es una palabra muy amplia. En este caso significa que no ha cambiado, que no hay regreso. Estable es que aún no ha muerto. Retransmito el parte a la familia: en forma textual, porque el médico no ha sido muy locuaz. Me clavan el visto. Espero unos segundos mirando la pantalla del celular pero ninguno agrega nada más. No puedo culparlos. Cada uno lidia con su pasado como mejor le parece.

En cualquier momento empezará a llover: estamos en época de lluvias. A nadie que haya nacido en esta zona le asombra este clima: chaparrones salidos de la nada y tormentas eléctricas que erizan los cabellos de la nuca. (A veces me parece escuchar entre el retumbo de uno y otro trueno la voz del Doctor Frankenstein incitando a su creatura a erguirse). Es una de las zonas más húmedas del país y rara vez hay sequía (cada cinco o seis años, hay una temporada seca que las editoriales de los diarios locales califican de cataclismo). Apuro el paso fuera del hospital. Me pregunto si habré guardado un paraguas en el morral, seguramente cuando emerja del subterráneo estará lloviendo.

Estación Plaza Central: es un cartel azul y blanco, sobre el fondo gris de los azulejos de la estación. Transbordo. Hora pico. La gente sale de sus trabajos y regresa a sus hogares. Hay corridas y empujones pero todo parece suceder en silencio, como si por el día de hoy se hubieran agotado las palabras. Pierdo el tren y deberé esperar el otro. He quedado en el andén solitario aunque no desierto. Por suerte, la Maison Feraud cierra dentro de una hora.

Una mujer morena, de enormes ojos pardos, elegantemente enfundada en un *tailleur bordeaux rouge* me recibe. Su sonrisa de recepción se ensancha cuando le cuento parte de la historia que me ha llevado allí, a través de las calles y de los años. Le muestro las fotos de la tarjeta y de los recibos. Ella asiente en silencio. Le digo que soy escritora, de novelas históricas, mayormente. Alza una ceja. Sí, leyó uno de mis libros: "Virgina, la mujer que se llamaba Orlando" sobre Virginia Woolf. (Mi segunda biografía novelada y no del todo buena). Me invita a tomar un café en la trastienda. Es una tarde lenta y, con la amenaza de lluvia, nadie vendrá, dice. Puede darse el lujo de cerrar un rato antes, agrega.

Vive en la parte de atrás. Tiene un pequeño apartamento de dos habitaciones amplias y diseñadas con buen gusto aunque un tanto austero; ahora lo llaman minimalista pero hay algo de ascético que impregna el conjunto de muebles negros, la alfombra gris, las cortinas planas, que ni siquiera el delgado florero de vidrio rojo logra quebrar. El taller es lo que ocupa el mayor espacio de la *maison*, dice con cierto orgullo.

—¿Cómo llegó Lena Feraud aquí? Sé que vivía en New Orleans.

—Sí, así era. Tenía una de las mejores casas de costura. Tengo algunas fotos del lugar y era, al parecer, muy elegante y muy concurrido. Pero cuando Odette murió, Lena se mudó aquí y abrió esta tienda, que es, bueno, un pálido reflejo de la otra.

La tienda no es moderna pero tiene esa elegancia intemporal del buen gusto. Hoy en día le colgarían el mote de *vintage* con su mezcla de maderas oscuras y mármol blanco, sus arañas de bronce y alabastro y sus butacas de cuero.

—Odette era mi tía abuela, por parte de mi madre —dice Janine Feraud—. Yo quedé huérfana a los tres años y Odette se ocupó de mí. Cuando falleció, yo acababa de cumplir dieciséis y me quedé a vivir con Lena. Era mi hogar, el único que recordaba. Ella me enseñó sobre modas y telas. Era una maestra generosa y dedicada. Cuando tuve edad, me envió a París a aprender todo lo que pudieran enseñarme. Ahí viví cinco años: fui la chica de los mandados, la que fregaba los suelos, la costurera de menor rango y así hasta ganarme mi lugar en aquel mundillo tan cerrado. Trabajé para Chanel y Dior. Luego, regresé. Lena estaba mal de la vista. Había envejecido mucho y no contaba con nadie de confianza para manejar el lugar.

—¿Recuerda a Sancia DeGroot? —pregunto y le muestro otra foto en el celular. Hay otra en la que está con Ismael de unos veinte años.

—Lo recuerdo a él. Era muy guapo: las empleadas se alborotaban cuando él venía, siempre tan correcto y educado y tan buen mozo... Cuando Lena murió, dejaron de venir.

—Creo que eran parientes o algo así —digo.

—Puede ser. Ahora que lo pienso, Lena me dijo una vez que había vivido en esta zona de muy joven. Tal vez eran parientes o conocidos de esa época anterior. Creo que guardaba buenos recuerdos. Siempre fue muy críptica sobre su pasado.

No quiero sacarla de su error y digo que es una posibilidad. Le agradezco por su tiempo. Tengo que alcanzar el último transbordo de subterráneo. Ella me pide que le avise cuando salga el libro.

Me doy cuenta que estoy muerta de hambre, que se ha hecho tarde, que ha llovido un poco, no mucho, y que para publicar la novela deberé pedir permiso a la familia: especialmente al tío Ismael. Podría cambiar la época, el lugar, los nombres pero ellos se darían cuenta igual. Es su historia al igual que mía. Todos lo saben pero nadie lo dice: mamá se encargó de desparramarlo a la muerte de Johan y en ese momento se abrió una brecha familiar (una de las muchas que mi madre se tomó el trabajo de abrir y expandir a pura fuerza de su lengua y sus actos). Y lo ocurrido conmigo fue el golpe de gracia, como tirar querosene al fuego. Se pusieron del lado de papá. Hicieron cola para testificar en el juzgado. El tío Ismael ofreció criarme y pasé tres años con él hasta que mi madre recuperó mi custodia, gracias a un buen abogado y mucho dinero. Siempre me pregunté por qué lo hizo: ella no me quería y además era una mujer ajena a la ternura. Nos complicamos la vida mutuamente y en forma ascendente. Yo me escapaba cuando podía. Ella me gritaba. Las cosas se rompían contra el suelo. Intervenían los vecinos, la policía, la familia en pleno. Hasta que pude irme a la universidad. El tío Ismael pagó por mis estudios en la otra punta del país. Ni siquiera le dejé la dirección a mamá. Me fui una madrugada y dejé una nota diciéndole que tenía la edad para librarme de ella (lo que era una verdad a medias pero creo que el tío Ismael estaba listo para intervenir con un juez amigo). Les avisé al resto de la familia por si a mi madre se le daba por hacerme buscar por la policía. Me fui y tardé años (muchos años) en volver, sólo para asistirla en su última enfermedad. Porque de lo contrario, nadie lo hubiera hecho; se habían desentendido de ella; la habían apartado como a una paria, como a una leprosa medieval. No me hubieran reprochado que no hubiera querido hacerlo. Seguramente, la hubieran metido de cabeza en un hospital y hubieran pagado la cuenta. Nadie hubiera atendido a su deseo de querer pasar su último momento en aquella casa.

Me convertí en la santa de la familia, según mi prima Carmen.

Supongo que podría ir adelantando los trámites e informar al juzgado y a la constructora. Ella no va a regresar. En parte, se ha ido.

Mientras camino hacia el auto, voy haciendo una lista mental de las cosas de las que debería ir ocupándome para no dejar los trámites para último momento: detesto la burocracia. También tengo que pensar a dónde iré.

171

He tenido la precaución de dejar mi "toy-car", como lo llamaba Alex, bajo el halo de luz. Lo abro a cinco pasos. Una llovizna muy fina comienza a caer. Alguien se zambulle dentro del auto, del lado del acompañante: un hombre encapuchado.

—No me mires. Vamos a tu casa —dice y señala hacia el centro de la oscuridad con una navaja.

¿De dónde ha salido? No tengo tiempo de pensar.

Tiro del cinturón de seguridad y lo engancho; mi cuerpo pega contra el respaldo. Me pone el cuchillo contra la garganta.

—No arranca si no está abrochado —explico.

—Rápido —dice.

Obedezco. No hay muchas posibilidades de resistencia. El auto deja el pavimento y se bambolea al tocar el barro. Las ruedas delanteras patinan hasta que entran las de atrás. Acelero. Son seiscientos metros hasta la casa. Voy pisando el acelerador hasta casi llegar al máximo de lo que da ese pequeño cacharro eléctrico. La luz del detector de movimiento nos deslumbra. El auto da un salto hacia delante al subir a la porción de pavimento que han dejado en derredor de la casa y, como un corredor que ve la meta, da todo de sí en el *sprint* final. Me aferro con ambas manos al volante, apoyo la nuca contra el apoyacabezas y estrello el auto contra la esquina de la casa. La bolsa de aire me empuja hacia atrás con tanta violencia que me atonta. Veo al encapuchado sobre el tablero y un hilo de sangre le cae sobre el ojo cerrado. Pero respira, se queja. Está vivo. La navaja está en el piso y no puedo alcanzarla. Ha caído del otro lado, debajo de su pie. Tomo mi morral y salgo corriendo. Seiscientos metros en el barro, pienso. Los tacos de mis botas se hunden y escucho un desagradable sonido de succión con cada paso. Es como si no quisieran que escapara. Saco fuerzas de donde no creí tener. Piensa positivo. Piensa en salir de aquí. Mira hacia adelante, me digo. Después la calle. ¿Hacia dónde? No importa. Debo aprovechar la ventaja. No soy buena corredora. Paso la luz del reflector que sigue encendida. Sigo, entro en la zona de oscuridad. Llovizna para más inri. Me duele una pierna y voy rengueando. La cabeza me da vueltas (¿o es el mundo que gira muy rápido?) Una película de lágrimas, ¿o es la puta lluvia? No, no puedo permitirme el lujo de llorar ahora. Me seco con el dorso de la mano. Me duele la mano, un poco, en la muñeca. Faros que vienen hacia mí. No me detengo a averiguar quién es. Posiblemente un cómplice. Cambio de dirección. El motor se detiene y alguien me aferra. Le pego con el morral.

—Soy yo. Sven.

Trato de distinguir sus facciones en las tinieblas pero no puedo por la oscuridad, o por las lágrimas o por la lluvia. Es su voz. No me cabe duda.

—¿Qué estás haciendo...? ¿Por qué...?

—Venía a verte. No sé... Una corazonada. Vi tu auto entrando y dudé por un segundo. Estuve a punto de irme —dice—. ¿Qué pasó?

La luz del reflector se enciende otra vez y remarca una forma que corre hacia nosotros, aunque su carrera es desarticulada, grotesca. El metal reluce en su mano, no sé si lo veo o lo adivino. Está a veinte metros o menos.

173

—Entra a la camioneta —ordena Sven.

—Vámonos —digo, tironeando de él.

Pero es tarde. El ladrón ha ganado terreno. Corre como una liebre y está furioso. Sven me empuja hacia atrás. Antepone su cuerpo y lo primero que pienso que más que heroico es una estupidez. El encapuchado se le viene encima con una rapidez inhumana. ¿Cómo ha podido reponerse tan rápido? Supongo que estaría drogado y eso lo hace aún más peligroso.

Lo que sigue es muy confuso. Al menos para mí. Es como esas películas de acción: Matrix o John Wick. Hay manos yendo y viniendo. Golpes, patadas, puñetazos. Escucho un quejido y el sonido de un hueso (o varios) romperse. Sven lo patea cuando está cayendo y el atacante se desparrama de cara en el barro. Después, Sven se vuelve hacia mí y me ordena que suba inmediatamente. Lo hago casi de un salto. Creo que nunca en mi vida me he movido con tanta decisión y rapidez.

Arranca ese trasto enorme, retrocede a velocidad de miedo, gira y salimos hacia el asfalto. Aún no me atrevo a respirar.

—No te asustes... pero vamos a tener que pasar por un hospital —dice.

Veo que tiene la mano sucia de sangre. Pero no es la mano la que tiene herida; la sangre mana de un lado del cuerpo. Cuando pasamos debajo de una farola, veo la camisa empapada en sangre. El dolor en su rostro es casi un enigma. El sudor le cubre la frente. Y está pálido como un fantasma.

—Los documentos de la guantera... —ordena con un hilo de voz—. Necesarios... para los formularios.

—Ha sido una estupidez —digo.

—Eres muy difícil de conformar —dice. Su voz va perdiendo firmeza. Una mueca le tuerce la boca.

—Yo debería conducir —afirmo.

Dice que no con la cabeza pero no habla. El dolor le brota desde dentro, vence las barreras y le deforma el rostro. Creo que se mantiene consciente a pura fuerza de voluntad.

Por suerte, no hay tránsito. A esa hora las calles están poco más que desiertas. Llegamos al hospital en menos de tres minutos. Toco la bocina, grito por la ventanilla. Me bajo y lo ayudo. Es como sostener la torre de Pisa con un mondadientes. Alguien viene a socorrernos. Me alejan de él. Lo suben a una camilla. Tengo las manos y la ropa manchadas de sangre. Estoy a punto de desmayarme. Pero no lo hago (aunque sentía que ya no me quedaban fuerzas ni físicas ni psíquicas). Pienso que Sancia, en una situación así, no lo hubiera hecho; se hubiera erguido como un faro en la tempestad y hubiera ordenado el mundo según le hubiera parecido más conveniente: capitana de una fragata sacudida por las tempestades (así le he imaginado). Trato de emularla. Respiro hondo y avanzo.

Llevan a Sven a una habitación de cuidados intermedios. He relatado lo ocurrido al policía del hospital, al médico y creo que también a un par de enfermeras metiches.

Permiten que me quede en la habitación, bajo estrictas condiciones de silencio.

Me he lavado las manos. Limpié la sangre del abrigo lo mejor que pude y ahora se está secando colgado del respaldo de una silla. Pasan los minutos y no aparto la vista de él. La herida fue profunda, dijo el cirujano, aunque con suerte. No tocó ningún órgano vital.

Un médico se acerca por el pasillo. Reconozco su andar a zancadas y esa forma de ladear la cabeza como los perros cuando no terminan de comprender. No puedo creer que sea él; no sabía que trabajaba en ese hospital. Nos reconocemos de lejos. Viene hacia mí con los brazos extendidos. Nos abrazamos con fuerza y no es que haya pasado mucho tiempo desde la última vez que nos vimos sino que han pasado una miríada de hechos y se nos ha llenado la vida con situaciones. Vuelvo a mi centro. Sin saber que estaba corrida de él, fuera del círculo.

—Deberías abrazarme a mí en vez de al médico —dice Sven.

—Es mi primo —digo.

—Jeremiah DeGroot —dice y le tiende la mano.

22

La policía nos interroga. Hay una mujer policía que es muy amable conmigo y en cierta forma me da a entender que conoce mi historia (y se compadece de mí, lo leo en su mirada). Han logrado detener al encapuchado, afirma, y agrega que lo buscaban por dos robos seguidos de violación. Sólo tiene veinte años. Pienso en el protagonista de "La naranja mecánica", ese libro que leí a escondidas porque mi madre no lo hubiera aprobado y seguramente lo hubiera quemado en una pira (y a mí con él).

Me informan (y eso en cierta forma me alegra) que mi asaltante tiene fractura expuesta de tibia y peroné, tres cortes en la cara y fisura de costilla. Dicen que ahora le sumarán los delitos de lesiones graves, amenazas, secuestro, intento de robo. Tendremos que ir a declarar al juzgado. Con mucho gusto, agrego. Me piden una dirección para citarme. Sven dice que dé la suya. Me niego. Le explico mi situación al policía. Cuando mi madre muera (lo que sucederá en los próximos días), echarán abajo la casa. Y yo aún no he tenido tiempo de encontrar un lugar dónde arrojar mis huesos y mis petates. Ni siquiera sé si voy a quedarme en la ciudad. Le doy la dirección de mi editora (una buena amiga, además de mi representante editorial y psicóloga en sus ratos de ocio y cuando a mi me da el bajón). Georgina siempre está en comunicación conmigo, agrego y eso satisface al policía pero no a Sven que frunce el ceño y pone morros. Exuda enojo.

Cuando la policía se va, le digo que debo irme. He pasado la noche a su lado y tengo que ir a escuchar el parte de mi madre, regresar a la casa (eso lo altera), bañarme y embalar algunas cosas. Voy a llamar a Georgina y ponerla sobre aviso y le preguntaré si puedo pasar unos días en su apartamento.

—Puedes usar el mío. Yo tengo un tiempo acá antes que me den el alta.

—Eso me recuerda que no le avisaste a tu familia lo que te ocurrió. Deben estar preocupados. Puedo llamarlos y...

—No hay nadie.

—¿Nadie? Siempre hay alguien.

—Nadie pero no creo que te interese, ¿verdad? —dice y se encoge de hombros.

Suelto la cartera y la campera otra vez sobre la silla. Me acerco a él.

—Aclaremos algunas cosas... Eres una buena persona, Sven, pero yo no lo soy. Soy desconfiada, egoísta e independiente. No creo en el amor a primera vista ni siquiera a segunda. No creo en el amor eterno y cosas por el estilo. En fin, resumiendo, no creo en el amor. Sí creo en el sexo sin ataduras, en pasar un buen rato con alguien y punto. Además soy sarcástica y cínica. Y como si todo esto fuera poco, me vuelvo irracional cuando me enfurezco.

—Bueno, estoy advertido.

Tuve que reírme. Es imposible ganarle. Le doy un beso en la frente y me alejo antes que pueda retenerme. Recojo mis cosas.

—¿Volverás?

Me encojo de hombros y me voy. Supongo que le vendrá bien tener la mente ocupada en algo por un rato.

La citación para comparecer ante el Consejo le llegó a Sancia cuando cursaba el quinto mes de embarazo de su segundo hijo. No era un embarazo fácil. Pasaba la mayor parte del día vomitando y no podía ni oler el café. Se le hinchaban las piernas y sufría dolorosos calambres por las noches.

—¿Qué es esto? —preguntó Johan, arrojando el papel sobre el regazo de Marian Lipz.

Por primera vez, en lo que la vieja arpía recordaba, Johan se veía furioso. Erguido y tenso, daba la impresión de ser tan robusto como su hermano Wilhelm. Un brillo acerado deslumbraba en las pupilas de un azul tan amable que remedaba el despejado cielo primaveral. Marian Lipz se estremeció ante aquel hombre que había jugado sobre sus rodillas siendo niño y ahora resultaba un completo extraño.

—Alguien ha presentado una grave acusación contra tu esposa.

—¿Quién? —bramó Johan—. ¿De qué la acusan?

—De adulterio.

—¿Están locos? —preguntó Johan, pero su voz careció de firmeza.

Marian Lipz tomó aquella súbita debilidad en las maneras de Johan como sorpresa. Hubiera preferido no ser ella la que se lo dijera. Hubiera sido mejor que Kurt o algún otro de los hombres lo previniera. De forma discreta. Los hombres tenían sus maneras de informarse entre ellos, de advertirse, de ayudarse; al menos, eso era lo que Marian siempre había creído.

—¿Quién ha dicho eso?

—No puedo decírtelo aún —dijo Marian—. El acusador teme las represalias. Y viendo cómo te has puesto, lo justifico. Bien sabes que la acusación es muy grave. Si el Consejo dictaminase que es fundada y cierta, las reglas de la Colonia...

—Las conozco muy bien: mi abuelo escribió gran parte de ellas.

—Por eso mismo, Johan. Tu familia ha sido siempre un ejemplo en la Colonia. No podemos permitir que ese tipo de conducta infecte...

Johan dio media vuelta y salió dando un portazo.

Regresó a la casa con el alma apretada, retorcida por un dolor inefable. Por primera vez en su vida le hubiera gustado poder dar rienda suelta a su rabia, a su ira. De pronto, los puños le pesaban como si cargara cadenas de presidiario. ¿De qué servía tanta fuerza, tanta energía, tanto poder si no podía defender a su esposa? Sabía quién había sido: Finnbar. No tenía duda alguna al respecto: era como si lo hubiera visto escrito en la misma citación. Todo aquello exudaba su firma. ¿Quién más podía odiarlos tanto? Ningún otro se atrevería a una acusación semejante. Para sostener semejante inculpación era necesario pruebas o un testimonio creíble. ¿Qué pruebas tenía Finnbar en contra de Sancia? ¿Qué podría haber visto u oído?

Al llegar frente a los escalones de entrada sintió las rodillas inestables, como si fueran de algodón. Se apoyó en el marco de la puerta y desde allí, llamó a Sancia para que se encontrara con él en el huerto. La casa estaba llena de oídos y prefería susurrárselo a su esposa en un lugar despejado... De pronto, se sintió vencido, agotado, enojado y profundamente desorientado.

La mujer acudió a paso lento. Tenía los tobillos hinchados y debía sentarse. Le resultaba difícil respirar, especialmente con aquel clima tórrido. Llegó con la frente sudorosa, echándose aire con un viejo abanico de esterilla.

—He ido a ver a Marian Lipz —dijo Johan.

Johan cayó sobre un banco de piedra que Wilhelm había trasladado a pedido de Sancia desde el jardín de rosas. Era un banco enorme y cómodo. A Ismael le gustaba más jugar a la sombra de los frutales y aquel era el lugar donde Sancia o Hannah se sentaban para cuidarlo. Además, era uno de los lugares más fresco durante el verano. Una brisa leve corría en forma casi constante.

—Me lo imaginaba —dijo ella, sentándose a su lado, y estirando sus piernas, sin dejar de mover el abanico sobre su rostro.

—Dice que te han acusado de adulterio.

—Finnbar —dijo ella, con tranquilidad, tirando de un hilo que colgaba de su delantal blanco—. Era de esperarse alguna clase de "vendetta" de su parte.

Johan saltó del banco, dio unos pasos de ida y los mismos de vuelta; susurró algo ininteligible y regresó para plantarse delante de su esposa, que, con la mano derecha sobre el redondo vientre, le sonreía. Era la imagen misma de la tranquilidad.

—No comprendo cómo puedes estar así tan...

—¿Segura? ¿Tranquila? ¿Confiada?

Johan se arrodilló ante ella y le aferró la mano izquierda. Se la llevó a los labios. Estaba tibia y olía a limón y cardamomo. Con extrema suavidad, Johan intentó explicarle como a una criatura.

—Si te declararan adúltera, exigirían que te fueras. Tendríamos que vender las tierras e irnos.

—¿Eso sería tan terrible, querido? ¿Te parece? Yo he viajado por el mundo, Johan, antes de casarme contigo. Nunca tuve un verdadero hogar hasta que me casé contigo. Mi padre y yo éramos un par de vagabundos —dijo ella, con el mismo tono didáctico que él había usado—. Puedo asegurarte que hay lugares buenos y malos para vivir. Este es uno que podría clasificar de intermedio. Hay demasiadas reglas y la gente siempre está mirando por sobre tu hombro para ver qué haces o qué piensas. Marian Lipz y el Consejo lo gobiernan todo: lo que se hace, lo que se come, quién se casa con quién... Afuera, Johan, hay lugares como ni siquiera se atreverían a soñar. El mundo es más grande que este pedazo de tierra y estos árboles frutales.

—¿Qué estás tratando de decirme, Sancia? ¿Quieres irte de la colonia?

—No, Johan. Sólo quiero que pierdas el miedo a salir al mundo —dijo Sancia, con una sonrisa. De pronto se tiró hacia atrás y cerró los ojos. La frente se le perló de sudor. Se llevó las manos al vientre—. ¡Qué inquieto es este crío! Amor mío, el mundo es complicado pero nunca ha devorado a nadie que no muestre temor. Ten confianza en mí.

Sancia se fue a dormir temprano: el embarazo la agotaba y vivía en un estado de somnolencia perpetua. Johan y Wilhelm se quedaron en la sala, en silencio, uno frente al otro, sin mirarse. Wilhelm mantenía las manos ocupadas trenzando un lazo de cuero: un tosco cinturón o una brida para el caballo (ni siquiera él sabía para qué lo hacía; tal vez era una forma sencilla de matar el tiempo). Johan, en cambio, parecía una polilla hipnotizada por la luz: tenía los ojos fijos en algún átomo del aire y en sus pupilas dilatadas se adivinaban sus pensamientos y su preocupación.

—No le da la menor importancia. Se ha ido a dormir como si mañana fuera cualquier día. No la comprendo —dijo Johan—. Cuanto menos, debería estar inquieta.

Wilhelm no respondió. Siguió moviendo las manos sin aflojar el ritmo, sin equivocarse en la mínima lazada. Johan bufó, se puso en pie y comenzó a ir y venir por la sala.

—Al parecer, el único preocupado soy yo —dijo, deteniéndose frente a su hermano—. Si deciden que debe irse de la Colonia, me iré con ella.

—Llegado el caso, nos iremos todos —dijo Wilhelm.

—Pero las tierras, la granja, por lo que padre trabajó tantos años... A ti te gusta vivir aquí.

—Sí, me gusta. Pero sería un lugar solitario sin ustedes. No sabría qué hacer.

Johan se dejó caer en el sillón. Se pasó la mano por los cabellos. Pero no pudo estar mucho tiempo quieto. Volvió a ponerse en pie y retomó los amplios círculos sobre la alfombra.

—Tendríamos que vender la tierra por lo que nos quisieran pagar.

—Comenzaríamos en otro lugar. Ni a ti ni a mí nos asusta el trabajo —respondió Wilhelm.

—Eso es verdad pero no estás considerando que también está Ismael y el niño por venir...

Johan se acercó a la ventana. Afuera, era una noche estrellada y pacífica. El viento mecía apenas las puntas de los árboles. El agobio del día se había ido aflojando a medida que el sol había declinado. Johan se apoyó en el marco y dio un puñetazo a la pared. Wilhelm alzó la vista, chasqueó la lengua y sacudió la cabeza de lado a lado.

—Es el legado de nuestro padre; por él, por estas tierras... —comenzó Johan pero la emoción le cortó la voz.

—Tienes que tener confianza en ella, Johan.

—¿Confianza?

—No te has casado con la hija de un granjero —dijo Wilhelm, deteniendo el movimiento de sus manos ásperas y fuertes. Una especie de sonrisa lobuna le deformó las comisuras—. Es astuta, muy astuta y lo más importante: nunca les tuvo miedo.

Hannah y Gertha se quedaron con Ismael, al que le prometieron golosinas para que se portara bien. Al chico le gustaban las naranjas y las empanadas de carne. Gertha preparó una cantidad suficiente como para un regimiento completo. Además hizo unos buñuelos con canela, los que mantuvo ocultos en un aparador alto, como premio. Ismael era un buen niño pero a veces se tornaba un poquitín revoltoso cuando no estaba su madre cerca; era como si supiera que el reino había quedado acéfalo y ni la protectora Hannah ni la buena Gertha tenían autoridad suficiente para ponerlo en cintura.

Wilhelm, por indicación de Sancia, fue a trabajar al campo comunal que ese año les había tocado. Se ocupó de que lo vieran los vecinos y los peones, actuando como siempre, ni más ni menos preocupado. Como nadie esperaba que Wilhelm dijera palabra, pasó el día sumergido en sus pensamientos, ocupándose de sus faenas con igual ahínco que siempre. Si la angustia lo mordió desde el interior, nadie lo supo ni pudo adivinarlo por su expresión.

La única anotación en el diario de Sancia al respecto (que quedó) fue:

"Hoy procedieron a interrogarme: Marian Lipz, Kurt Dahl, Hans Filcher, Elijah Volkeen, Helga Andersen, Lars Brühl (hijo de Olvar), Amund Bager, Ivar Holt (apenas tiene dieciocho años). Mañana dictarán el veredicto. Y será público."

Johan apenas durmió unos minutos, despertándose sobresaltado. Intentó conciliar el sueño pero estaba demasiado agobiado. Al final optó por ni siquiera intentarlo. Pasó el resto de la noche acariciando el hombro desnudo de su esposa y escuchando el ritmo tranquilo de su respiración.

24

Paso el dedo entre los rebordes saliente de las hojas cortadas del diario. Alguien se ha tomado el trabajo de cortarlas con cuidado, con algún instrumento filoso. Voy por una lupa (no sé para qué pero igual lo hago; creo que es la sensación de frustración la que me obliga a hacer algo). Estaba segura que había una lupa en el cajón del escritorio (una de esas que usaba en la escuela secundaria). Pero no la encuentro. La casa está patas para arriba. A los años de desidia y acumulación se ha sumado el caos de los últimos días.

Me detengo frente a la ventana y observo la grúa arrastrando el bollo en que se convirtió mi "toy-car". No comprendo cómo salí indemne.

Hace un rato se llevaron la cama ortopédica, los tubos de oxígeno, el resto de las máquinas... Estoy esperando que llegue el camión del Ejército de Salvación para que cargue los muebles, la televisión, tres cajas de herramientas que eran de papá y no quiso venir a reclamarlas, el microondas, la cocina, la heladera, el aire acondicionado, cuatro estufas, el lavarropas, la secadora, la colección completa de la Enciclopedia Bristol y una veintena de libros de arte. Espero que quieran también esa colección de aleatorios bibelots con la vitrina incluida.

Ya tengo separado el baúl de 1900 y las mesitas de roble pintadas a mano para Jimmy. Dijo que pasaría esta tarde a última hora. Espero que no se olvide.

A un lado está la gastada mochila de tela impermeable con mi ropa y mi morral de cuero ajado por el uso. He metido las carpetas con los papeles de Sancia, fotos y todo lo que encontré de ella en una valija con ruedas que compré en una tienda china a un módico precio.

Voy a pasar la noche en un hotel cerca del hospital donde está Sven. No quiero volver aquí en la oscuridad. No por miedo sino porque este lugar me trae demasiados malos recuerdos, malos sueños, como si los objetos hubieran absorbido un poco de la maldad inherente de su moribunda habitante.

Me siento a la mesa que ahora está vacía. Vuelvo a pensar en las páginas faltantes del diario. ¿A qué se referirían? Cronológicamente, deberían ser las que relataran la audiencia y el veredicto ¿Quién las habrá cortado? Lo hizo con mucha prolijidad. ¿Fue Sancia? No, no creo que ella lo hiciera. Hubiera podido no escribirlo. O hacerlo en ruso. O en griego. ¿Quién, entonces? ¿Mi madre? No, ella hubiera quemado el diario entero. No lo hizo porque nunca se preocupó en ver qué había en aquel baúl. Gracias sean dadas a los dioses, al azar o al destino. ¿Habrá sido Jacob? Imposible. Jamás regresó a la Colonia. Murió joven en una de sus intrépidas aventuras en el Lejano Oriente, escalando una montaña o algo así. Creo que, como a Sancia, aquel asunto le hubiera importado un pimiento.

¿Ismael?

Jimmy ha traído cervezas: dos docenas (supongo que planeaba una fiesta). No me quedan vasos (los he donado al Ejército de Salvación) así que las bebemos de la lata. Charlie, su pareja, no toma alcohol porque tiene que conducir. Entre los tres, subimos el baúl al techo del auto y lo atamos. Charlie, que es un "manitas", desarma las mesas y las mete en el asiento de atrás entre unas frazadas que ha traído para que no se arruinen. Está fascinado. Dice que es nogal italiano (y no roble como yo suponía) y se la pasa acariciando la madera. Jimmy me da un codazo mientras hace un mal chiste sobre el fetichismo.

Suena mi celular. Es del hospital. La mujer del otro lado es lacónica. Mi madre acaba de morir. Jimmy me está mirando fijo mientras se desarrolla la conversación.

—¿Qué debo decir en este momento? —pregunta, azorado.

—Supongo que no quedará otra cerveza fría, ¿no? —respondo.

No hablamos del tema.

Me dejan en el hotel con todos mis petates. Nos despedimos. Jimmy me promete que me llamará al día siguiente a primera hora.

—Ni se te ocurra. Estaré durmiendo o muy ocupada —digo—. Llámame en un par de días y me invitas a algún lugar con *happy hour*.

—Es un trato —dice.

Taxi al hospital: extraño terriblemente mi "toy-car". Me reciben con algunas explicaciones concisas y una montaña de papeles que firmar. Burocracia, el mal de nuestra época. Me preguntan si quiero verla.

—No, gracias —respondo y agrego, con absoluta seriedad—, confío en su palabra.

Supongo que huelen el alcohol en mi aliento y me disculpan.

Taxi al otro hospital. Supongo que debería comprar otro auto similar: pequeño, barato, amigable con el medio ambiente.

Cuando entro a la habitación, encuentro a Sven jugando con la comida. No sé qué veo en su rostro: alivio o rabia o ambos en iguales proporciones por haberlo hecho esperar.

—Me han dado de alta. Mañana podré irme a casa —dice.

—Vendré a buscarte y te llevaré.

—Tu auto no sirve.

—Tomaremos un taxi.

Revuelve la comida en el plato: pollo grillado (bastante deslucido) con puré de calabaza (contengo las náuseas). Vuelvo a pensar en ella, en sus últimos días, en los días anteriores: esos mejunjes que le preparaba según las indicaciones de la nutricionista y de la enfermera.

—No estoy seguro de querer que vengas —dice Sven.

—No estás en condiciones de...

—No te sientas obligada. Eso es lo último que deseo, ¿entiendes?

—No me siento obligada, pedazo de alcornoque —digo. Creo que es la cerveza la que me ha aflojado la lengua o saber que estoy libre de ella o una mezcla de ambas cosas. En parte, me siento terrible conmigo misma por estar aliviada, liberada—. No hay poder en este mundo que pueda obligarme a hacer lo que no quiero.

—¿De golpe, así como así, quieres estar conmigo?

—Tampoco te vayas al otro extremo.

—¿Entonces?

—Por ahora te llevaré a tu casa e iré a visitarte. Necesitarás ayuda con algunas cosas y si no tienes más familiares... Ni pienses que te prepararé la comida: mis épocas frente a una sartén han terminado. Compraré algo hecho de camino: he visto una docena de lugares que preparan comida tailandesa, china, francesa e incluso brasilera —digo de un tirón. Sven me observa con ojos alucinados—. Además, tarde o temprano, tendré que ir a la Colonia a hablar con mi tío; por supuesto que lo haré después de que termine con todo esto del entierro... y si eres un buen chico, puede ser que te invite a acompañarme.

—¿Entierro? —pregunta, dando un respingo.

—Sí, ella acaba de morir. Vengo del otro hospital. Tuve que llenar un sinfín de papeles. Me duele la mano de tanto escribir.

—¿Y en el camino te detuviste a tomar un par de cervezas?

—No, ya las había tomado antes —digo.

Sven está en la puerta con su mochila caqui. Me detengo frente a él. Jimmy me ha prestado su Honda por el fin de semana.

—La puntualidad no es tu fuerte.

—Vivo del otro lado de la ciudad. No calculé el tiempo.

—Ya te he dicho que podríamos solucionar eso —dice, tirando la mochila atrás. Se acerca y me deja un beso en la mejilla. Eso es lo máximo permitido. Todavía.

—¿Desayunaste?

—Pensé que la travesía incluía desayuno —dice.

No le gusta cocinar. Es incapaz de hacer un par de tostadas sin quemarlas. Jamás recuerda la medida de café que requiere la máquina. Suele dejar la leche fuera de la heladera y la manteca crea moho dentro de la mantequera. Es un milagro que no se haya envenenado a sí mismo.

—Así no llegaremos nunca —protesto.

—¿Me dejarás morir de hambre? Llevo más de doce horas sin comer.

—¿Anoche no cenaste?

—No viniste.

—¡Dioses!

Conduzco hasta un *drive-in*: dos café *latte*, un *bagel* con jamón y queso y un par de *croissants*.

—Escúchame, Sven, tengo que hablar con mi tío de un tema delicado. Un esqueleto en el ropero. Y necesito que él me de dos cosas: el final del libro y la autorización para publicarlo.

—¿Tengo que caerle simpático o hacerme invisible?

—Jeremiah ya fue con el chisme de que me salvaste la vida. Así que serás recibido como un héroe. Posiblemente, hasta preparen algún cerdo asado en tu honor —digo—. Pero necesitaré un tiempo a solas con Ismael. Tal vez, bastante. Es muy inteligente, eso lo sacó de su madre, pero puede ponerse obstinado como su padre. Y necesito el final de la historia.

—¿Cerdo asado?

A los veinticinco kilómetros aparece el cartel "Bienvenidos a Colonia DeGroot".

Y debajo, con letra más pequeña: "Fundada por Wilhelm DeGroot".

25

Wilhelm se detuvo frente a la puerta del banco estrujando en su mano derecha una bolsa de papel marrón. Se quitó el sombrero y entró. El calor y humedad de la calle se disipó entre las gruesas columnas revestidas en falso mármol. Los mostradores de madera y vidrio se alineaban recordándole esa foto que Sancia le había mostrado hacía algunos años de Egipto: la avenida de los carneros. Metió un dedo entre la camisa y su cuello y trató de estirar la tela que lo ahogaba. Se miró las puntas de las botas relucientes y pensó que se sentía incómodo con ellas. Prefería los borceguíes amoldados a su andar. Llegó hasta un escritorio donde un hombrecito calvo y bigotudo mantenía la vista fija en una carpeta abierta y fruncía de vez en cuando el diminuto hocico como si oliera estiércol.

—Quiero abrir una cuenta.

El hombrecito fue alzando la vista con lentitud hasta llegar a la cara de Wilhelm. Se tomó su tiempo. Wil se había afeitado y peinado. El cabello castaño y sus grandes ojos azules destellaban sobre la tez curtida por el sol. Sus gigantescas manos callosas apretaban una gran bolsa de papel marrón.

—Sí, por supuesto —dijo el hombrecito y alzando la mano llamó a uno de sus subalternos: un muchacho de ojos oscuros y párpados pesados, de apellido Toledo.

El hombrecito los vio alejarse hasta un escritorio en la parte de atrás del salón y regresó a la lectura de la carpeta abierta ante él sin preocuparse de aquel granjero y su almuerzo. A los quince minutos, Toledo le presentó la solicitud de apertura para que firmara. El hombrecito se atusó el bigote y firmó y selló con displicencia.

—Llévela a la señorita Cristina y que le dé número de cuenta y la libreta de ahorros —dijo.

—Muy bien, señor —dijo Toledo.

Algo en la voz del empleado, una nota alegre, casi chispeante hizo que el hombrecito frunciera el ceño por un momento. Consideró que aquel instante de disgusto sólo podía aliviarse revisando la cuarta carpeta del día. Tomó otra de la pila a su lado y la abrió. "Otra hipoteca atrasada", pensó con íntima satisfacción. Sin embargo, el banco también presentaba números en rojo. Necesitaban liquidez y no la había. Los agricultores habían hipotecado sus campos y sus casas. Las pequeñas parcelas productivas no generaban suficientes ganancias para mantener a las familias y mucho menos pagar los impuestos y la cuota del banco. La crisis había golpeado incluso a la próspera colonia holandesa. De las catorce hipotecas a punto de ser ejecutadas, tres pertenecían a gente de la colonia, clientes que antes habían tenido un flujo suficiente de dinero como para sostenerse ante las eventualidades.

Toledo regresó a su escritorio y le pidió al granjero que se acercara a la cajera quien le entregaría el recibo del depósito.

El hombrecito decidió jugar, con él mismo, un pequeño juego: ¿Cuánto depositaría aquel imponente palurdo? Supuso que habría vendido alguna cosecha de manzanas de su huerto y quería poner a resguardo los pocos billetes. Ladrones nunca faltaban. ¿O tal vez había sido una camada de cerdos? Casi no quedaban granjas porcinas por esa zona. ¿Cuánto se pagaría por un cerdo? ¿Vivo o muerto? Calculó un monto irrisorio por el kilo vivo. Hizo las cuentas por dos o tres cerditos. No era un monto que le quitara el sueño a nadie pero el ahorro y la frugalidad era la base de la fortuna. Por algún punto había que empezar, pensó. Además, en aquellos días, nadie tenía dinero suficiente como para ahorrar más que un par de céntimos por mes.

Toledo se mantenía a tres pasos detrás del nuevo cliente. El hombrecito lo observó con interés. Lejos de despedirse, Toledo, con obsequiosa actitud, guiaba al campesino de regreso a su escritorio. La bolsa de papel marrón estaba ahora en manos de la cajera que, con ojos desmesurados, miraba al hombrecito. Éste carraspeó, se acomodó la corbata y se puso en pie. Se dirigió con tranquila elegancia hacia el puesto de la señorita Cristina.

—¿Algún problema?

La mujer le enseñó el respaldo del depósito y luego señaló los fajos de billetes sobre su mostrador. El hombrecito alzó la vista hacia la ancha espalda del hombre que tapaba a Toledo por completo. Lo único que veía eran las manos del joven completando formularios.

—¿Cuál es el nombre de la cuenta?

—Wilhelm DeGroot.

—¿Uno de los colonos holandeses?

—Sí —dijo la señorita Cristina, con suavidad. Era una mujer práctica, muy eficiente y de modales corteses.

—Creí que la gente de esa zona sufría de problemas de iliquidez.

—Obviamente no es el caso del señor DeGroot.

El hombrecito volvió a mirar el monto en el papel. Sintió un escalofrío.

—¿De dónde habrá sacado ese dinero?

—¿Quiere que le pregunte? —ofreció Cristina—. No sería muy correcto pero si usted...

—No se moleste. Trataré de sonsacarle yo mismo.

El hombrecito decidió pasar por su escritorio y observar al nuevo cliente un poco más. Toledo seguía llenando papeles con una media sonrisa en los labios. ¿Qué sucedía allí? Aquel afluente de dinero no era propio en aquella época. Tomó una carpeta al azar y se acercó a Toledo. El muchacho, apenas lo vio acercarse, se puso en pie y le pidió que le dispensara un minuto. El hombrecito simuló cierta contrariedad pero accedió.

—Le presento al señor Wilhelm DeGroot que acaba de abrir una cuenta —dijo Toledo, remarcando lo obvio. Y, ampliando aún más su sonrisa, agregó:— y desea invertir su dinero en la compra de las hipotecas de la colonia holandesa. Aquí trajo una lista de las propiedades que le interesan.

Un trozo de papel arrugado pasó de la mano de Toledo a la del hombrecito. Estaba escrito con muy cuidada caligrafía los nombres de Dahl, Volkeen y Andersen, además del monto exacto de la hipoteca (capital más intereses calculados hasta el último centavo).

—Pero... —articuló el hombrecito sin terminar la frase.

—Calculé los gastos administrativos y de sellado y el señor DeGroot está de acuerdo en realizar las operaciones ahora mismo.

—¿Ahora mismo?

—Aún debo hacer algunas compras antes de tomar el tren —dijo Wilhelm, con una simplicidad rayana a la estupidez.

—Sí, claro... Por supuesto. Toledo, los papeles...

—Ya los estoy completando, señor. Si desea revisarlos...

El hombrecito recibió una decena de papeles en la mano. Sacó cuenta mental de lo que aún quedaba después de adquirir las hipotecas: seguía siendo una suma respetable.

—Muy bien, Toledo. Cuando esté todo el papeleo listo, alcáncemelo. Sr. DeGroot, ¿le molestaría responderme una pregunta?

—Pregunte y veré si me molesta o no.

—¿De dónde sacó tanto dinero? ¿Vendió alguna cosecha?

Wilhelm metió la mano en su bolsillo y extrajo un recibo de una importante joyería de la capital. Había vendido una joya de oro: un camafeo con su respectiva cadena. Y estaba catalogada como antigüedad.

—¿Una reliquia familiar?

—La dote de la esposa de mi hermano Johan —dijo y no volvió a responder ninguna otra pregunta.

La crisis empeoró antes de mejorar y Wilhelm no solo ejecutó las hipotecas de las tres granjas sino que también compró la de los Lipz. Perder las tierras aceleró la partida al más allá de la vieja urraca de Marian. Con los Brühl negoció por la mitad de sus tierras. Y dos años después, Lars buscó a Wilhelm para rogarle que comprara el resto.

Wilhelm subarrendó las tierras y las modernizó hasta convertirlas en efectivas células de producción que dependían de la granja DeGroot como el cuerpo de la mente. Cuando el último Bager falleció, Wilhelm compró las tierras relictas, derribó la casa y construyó una factoría de chacinados y un año después agregó los silos comunales. Poco tiempo después, hubo escuela y un dispensario en un centro comercial que se alzó sobre lo que otrora fuera la tierra comunal.

El primer intendente de la Colonia DeGroot fue Ivar Holt, quien mantuvo su nombramiento hasta su fallecimiento, muchas décadas después. Si con el tiempo Ivar Holt comprendió que su suerte fue echada el día que votó a favor de Sancia y, con voz endeble y la tozudez propia de los justos mantuvo su posición, fue algo que nunca se comentó en las reuniones sociales.

26

Ismael DeGroot no se ha encorvado con la edad y su mirada sigue tan límpida como cuando tenía dieciocho años. Él dice que su secreto para no envejecer es reírse mucho. Sí, Ismael ríe. Es una especie de encantamiento de ondas sonoras que van atravesando el aire y te van envolviendo, lo quieras o no lo quieras, y se meten por los oídos y le hacen cosquillas a tus neuronas y le cuentan secretos sobre la vida y la muerte y ésta pierde su aspecto tétrico y se convierte en una Catrina parrandera.

Sven y él hacen buenas migas. Especialmente porque ambos se sientan a comer ante un festín pantagruélico de carnes varias, verduras asadas, salsas de diferentes colores y texturas, panes recién horneados y un arcoíris de ensaladas. El doctor Jeremiah también está ahí y no ahorra detalles truculentos sobre la herida de Sven. Creo que ha crecido varios centímetros de largo y profundidad y una docena más de puntos de sutura. Sven se divierte como un chico en la montaña rusa mientras compite con los demás para ver quién se lleva el récord del más tragón. No le hace asco a ningún postre (y eso que hay tres).

—Fue una suerte que ese día fueras a visitarla —dijo tío Ismael, guiñándole un ojo a su hijo.

—No era una visita. Estaba acechándola para cantarle cuatro frescas y decirle que me importaba un comino lo que ella creyera y que yo me había enamorado de ella en el mismo momento en que estacionó ese autito de mierda justo delante de la grúa que estaba manejando y me gritó que tuviera cuidado de no rayárselo. Se me heló la sangre. Fue como ver al destino a la cara —dijo Sven y me dejó boquiabierta—. Un día estuvo a punto de atropellarme. Creo que hasta me gritó un insulto de esos que hacen ruborizar a las prostitutas. Sí, con esa boca tan linda que tiene. Otro, la ayudé con una bolsa del supermercado que se le rompió y ella ni siquiera me registró. Tuve que romperme los sesos para ver cómo presentarme. Y compré un grupo electrógeno portátil y se lo llevé.

—En mi época les llevábamos rosas y chocolates —dice tío Ismael.

—Hoy en día con la mujer es más difícil —dice Sven, y todos ríen.

—Un buen chico —dice tío Ismael mientras caminamos por el huerto.

El huerto es ese punto que mantiene fijo el universo. Podrán cambiar el resto, ir y venir personas y cosas pero el huerto es ese trozo del Jardín del Edén que Sancia creó para todos nosotros.

—¿Vas a decirle que sí o tendré que obligarte?

—Ni siquiera ha hecho la pregunta.

—Creo que eres sorda o ciega. Ese muchacho te ama como Johan amaba a tu abuela.

No puedo decir que esa revelación me sorprende. Tal vez sólo el hecho que sea tan evidente para los demás. Y la profundidad, la comparación, la posibilidad. Dos descastados que son mitades imperfectas. Sacudo la cabeza. No ahora. No es el momento.

—Justamente quería hablarte de la abuela y de Johan.

—Bueno —dice y señala el banco en el centro del huerto.

—Encontré un baúl con papeles, cartas, fotos y recortes. Me gustaría que vieras las fotos conmigo. Algunas no tienen fecha ni lugar.

—Con gusto.

—También encontré el diario de Sancia.

—¡Ah, el dichoso diario! Desde la muerte de Jacob se limitó a hacer algunas anotaciones esporádicas. Nunca nos permitió leerlo. ¿Algo interesante?

—Mucho.

En el silencio de la siesta se escucha el cuchicheo de los árboles. Los pensamientos son más difíciles de ocultar bajo un cielo sin nubes. La mano grande, huesuda, plagada de pecas se apoya sobre la mía.

—Quiero escribir su historia, tío.

—¿Por qué?

—Porque es una buena historia. Una historia excelente. Porque ella fue una mujer fuera de serie.

—Sí, eso es cierto —suspira—. Pienso que también quieres hacerlo porque tu madre no la quería.

—Preferiría que no la mencionaras.

—Perdón, cariño, pero es necesario sacar todo el veneno de la herida.

¿Qué puedo decirle? Es muy probable que sea como él dice. Podría discutir con él pero no veo la razón de hacerlo.

—A veces son como fantasmas. Me persiguen. Mezclan su vida con la mía. No me dejan dormir de noche.

—Algo he leído de eso —dice—. Los personajes persiguen al escritor.

—Si no me das tu permiso, no escribiré una sola palabra —digo—. Pero necesito saber.

—¿Darte permiso? ¿Desde cuándo pides permiso a alguien?— ríe a carcajadas—. A ver, ¿qué quieres saber?

—¿Qué pasó en el juicio? Al Consejo, me refiero. ¿La encontraron adúltera?

—¿No lo escribió en el diario?

—Faltan algunas páginas.

—Puede haberlas arrancado. Tal vez no quería que lo supiéramos.

—No. Si ella quería mantener un secreto, lo escribía en ruso.

—¿En ruso?

—Pasé unas horas de terror lidiando con Google y el cirílico.

—Sancia era una caja de sorpresas —dice y ríe. Creo que le agrada descubrir cosas de su madre aún, a esta altura de su vida—. Siempre estuvo varios pasos más adelante que los demás. Bueno, cariño, lamento decirte que no sé qué pasó. Hubo una especie de pacto de silencio. Nunca se habló del tema. Y el Consejo no llevaba actas. Sólo sé que nos mudamos a la ciudad. A esa vieja casa. La había comprado mi abuelo Jeremiah. Wilhelm quedó viviendo en la granja.

—Entonces, la encontraron culpable.

Ismael se encoge de hombros.

—No es relevante, ¿verdad?

—Para mi madre sí lo fue.

Jeremiah nos invita a un paseo. Todavía hay una vieja carreta y la engancha al tractor. Los chicos suben a gritos. También los perros. Sven y yo somos los últimos y tenemos que conformarnos con un lugarcito en un rincón para los dos. Supongo que mis primas han aleccionado a las criaturas para que nos arrinconen (tienen alma de celestinas). Jeremiah desafía a todos a cantar. Vamos espantando a la fauna a medida que pasamos. Nuestro destino es el embalse natural que se hace arroyo arriba, en el límite de las tierras de los DeGroot con la de los Holt. Desde la casa, es una media hora a pie cortando por el campo, por el camino tenemos que dar una vuelta enorme. Los chicos van llamando a gritos a los otros chicos, a los hijos de los puesteros y muchos se suman. Mis primas han sido previsoras y llenaron canastas con botellas de agua, bollos de queso y frutas.

Sven canta como un chico más. Es terriblemente desafinado y la mitad de las veces se equivoca la letra (creo que no sabe ninguna completa) pero eso deleita a los chicos que lo corrigen con gritos de alegría.

Jeremiah, Sven y yo nos apropiamos de la parte de sombra más densa. Los chicos se tiran al agua sin siquiera sacarse la ropa. Para ellos no hace frío ni calor. Los perros los siguen y de pronto hay un chapoteo generalizado. Sven se quita la camisa y se lanza también.

—Un chico más —dice Jeremiah, leyéndome el pensamiento.

No sé si es la luz, si son los pequeños prismas de agua lanzados al aire que refractan el sol o si son esas lecturas bucólicas y pastoriles que se acumulan en el fondo de mi memoria pero no puedo apartar la vista de Sven. ¿Esto será estar enamorada? Hay guerra de agua y hasta Jeremiah y yo terminamos empapados. Por suerte, logramos salvar las viandas.

Le propongo a Sven regresar caminando. Me agencio de una botella de agua antes que la manada recoja las cosas y se suba a la carreta.

—¿Te gustó el lugar?

—¿Necesitas preguntarlo? —dice.

Sacude la cabeza húmeda y me salpica de agua. Se ríe. Se coloca la camisa que se empapa en la espalda. La cicatriz rosada me atrae la mirada. Se la cubre rápido. Se coloca las medias y las zapatillas.

Hay una parte del camino cubierta de árboles, después debemos atravesar el sembradío. El sol está declinando. Sven tararea esa emblemática canción de Lou Reed "Perfect day" y estira la mano para aferrar la mía. No lo rechazo.

—¿Por si nos perdemos? —bromeo—. ¿Leíste "En la hierba alta" de Stephen King?

—Eres muy anticlimática.

Me río con ganas. Me han llamado muchas cosas pero esa me sorprendió por su originalidad. Se detiene y no deja que avance. El sol se ha tornado rojo. Unas nubes de sudario lo acompañan. Soy yo y no él la que hace el primer movimiento. La mano sobre su mejilla. No son necesarias las palabras. Nunca lo son. Las almas se entienden mejor en el silencio.

27

Sven duerme. Mañana tiene que levantarse temprano. Debe regresar al trabajo. Yo sigo mirando las formas que la luz de la calle esboza sobre la pared. Es pasada medianoche pero no puedo dormir. Tengo que tomar una decisión. ¿Qué voy a hacer con Sancia y su historia? Georgina está al borde de una crisis y ayer me envió su famoso "Publica o muere" ultimátum.

¿Desde dónde contar la historia? ¿Cómo completar los blancos? ¿Por qué contarla? He ido arrastrando esas dudas por semanas. Y estoy en el punto de partida. Avanzo y retrocedo. Subo y bajo. Sueño con Sancia y Johan. Con Wilhelm. Aún recuerdo las siestas sobre sus rodillas y la cabeza sobre su pecho, en el sillón hamaca, que había construido para Sancia. Hablaba poco. Sus manos eran ásperas pero no torpes. A veces me contaba cosas, detalles, a su modo lacónico, sin florituras. Johan podía comer un barril entero de manzanas. A Sancia le gustaba Wagner pero a mí siempre me sonó a truenos y rayos. Ahí cayó un meteorito cuando yo era chico. Tu tío Jacob era un buen chico aunque algo tarambana. Tu bisabuelo Jeremiah cantaba muy bien pero tu tío Ismael parece una oveja herida. Tu madre se escondía en ese lugar; todos lo sabíamos pero nunca la descubríamos. Mi madre no asistió a su funeral y no me permitió despedirme de él. ¿Hasta dónde puede llegar el resentimiento de una persona?

Me levanto. Necesito moverme. Voy a la cocina. Preparo té y me siento a ver el correo y los mensajes. Mucho correo basura. Y un mensaje de un desconocido de nombre impronunciable. Asunto: "Devdan". Estuve a punto de volcar la taza.

"Estimada señorita:

Perdone mi inglés. No bueno. Una amiga de mi hija trabaja en embajada donde usted enviar pregunta. Apellido no común. Mi hija preguntó: Yo recordé historia que contaba mi madre sobre un hermano suyo, mayor que ella. Su nombre era Devdan. Murió muy joven. Mi madre tenía entonces diez años. Vivían en el campo, en el norte. Devdan había viajado a Europa, a estudiar, contra la voluntad de su madre. Su padre quería que fuera cosmopolita, hombre del nuevo siglo.

Devdan conoció a una jovencita de la que se enamoró, la hija de un profesor. Ella era muy joven. Según mi hermana, Devdan cometió el error de contárselo a sus padres. Su madre se opuso. Ya tenía una esposa elegida para él, de una familia noble muy rica. Ella convenció a su esposo. Él habló con el padre de la chica. Se la llevó lejos. Y no volvieron a verse.

La noche antes de la boda, Devdan intentó escapar. Otro de los hermanos lo delató. Hubiera sido un deshonor para la familia. Devdan se ahorcó al amanecer. Acababa de cumplir veintiún años."

"Mi madre lloró por años a su hermano. Le envío como adjunto la única foto que conservo. Devdan es el primero de la derecha."

"Espero haberle sido útil, Mehtar"

Abro el archivo adjunto. Amplío hasta que el rostro de Devdan (poco más que un adolescente) absorbe la pantalla. Sus ojos oscuros resultan hipnóticos. La postura forzada y los rasgos diluidos por el fogonazo, no lo favorecen. Posee cierta apostura. Y con otras ropas, podría imaginarlo como un príncipe escapado de las "Mil y Una noches", como un astuto Aladino, capaz de enfrentar a todos los magos malvados del mundo por estar con su amada princesa. Alejo la foto y paseo por los rostros de los demás: el hermano delator, la hermana pequeña, el padre de tupido bigote y la elegante madre. Algo sobre el cuello de la madre me llama la atención. Amplío. No puedo estar segura. Una gruesa cadena con un relicario del tamaño de un huevo de paloma.

Sven enciende la luz de la cocina. Son las dos de la mañana.

—¿Qué haces? —pregunta.

—Recibí un *mail* de un señor en la India.

—¿India?

—Mañana te cuento. Necesito que tengas las luces prendidas. Es una historia larga y complicada.

—¿La de tu familia?

—La de Sancia, mi abuela.

—¿Cuándo me contarás la tuya?

Apago mi *notebook*. Pongo la taza en el fregadero. Sven no deja que salga de la cocina. Obstruye mi escape. Me abraza. Creo que eso debería ser suficiente. No siempre lo es. No puedo decírselo.

La cama nos espera. Aún nos quedan unas cuantas horas para pelear con el silencio y fingir inmovilidad. Tal vez, logremos dormir algo. Las decisiones se siguen acumulando.

28

Sancia se encerró en la habitación. Pidió que nadie la molestara por unas horas. Johan se sentó en la sala frente a Wilhelm que trataba de distraer a Ismael con un par de caballitos de madera. Gertha y Hannah estaban atareadas con los deberes diarios pero ni siquiera se las escuchaba moverse. Era como si de pronto les hubieran crecido alas y no tocaran el suelo con los pies. Había en derredor un silencio de tumba.

Arriba, encerrada, perdida en sus intrincados pensamientos, Sancia discutía consigo mismo y su conciencia había tomado la forma de su padre, don Juan Iñigo, vestido con su mejor traje de conferencias, de un sobrio color marrón oscuro, con la cadena del reloj sobresaliendo del bolsillo del chaleco. Esa vez se habían reunido en Ramnunte. Don Juan observaba la base de una columna rota.

—"En general, los hombres juzgan más por los ojos que por la inteligencia, pues todos pueden ver, pero pocos comprenden lo que ven".

—Maquiavelo —dijo Sancia al espectro.

—¿Qué harás?

—¿Qué me aconsejas?

—Lo que te haga feliz. Eso siempre es lo mejor. Y uno puede soportar mejor las consecuencias.

—¿Me estás dando tu bendición?

El espectro alzó una mano y señaló el basamento de piedra sobre el que estaba parado.

—Creo que ya has elegido y esto es una mera formalidad.

—Puede ser... Pero ¿cómo?

—Dándoles por donde más les duele. Piensa, Sancia, ¿qué tienen en común?

—Pertenecen a las familias fundadoras de la Colonia.

—¿Y eso cómo se traduce?

—Tienen poder.

—¿Y qué los mantiene en ese poder?

—Las tierras.

—Pero es una mala época. Todos se han estado quejando de grandes pérdidas. La crisis económica ha diezmado al campo. Incluso se ha dejado sentir en esta casa. Aunque lo escuchaste decir a Johan que no tienen de qué preocuparse. Jeremiah fue previsor. Pero aún así recomendó que fueran prudentes con los gastos. Lo escuchaste, ¿recuerdas?

—Sí, lo recuerdo.

No estaban en las ruinas de Ramnunte. Las habían abandonado. Al principio era un lugar neblinoso como un túnel y a Sancia le pareció distinguir el ingreso a Hagia Sofía. La niebla adquiría matices azulados y volvían al Museo Británico, frente a la piedra Rosetta. Y veía a su padre hablando con el profesor Uri Keltter sobre la escritura en demótico. Sancia giraba hacia el espectro a su lado que señalaba hacia el ingreso de la sala. Ella no necesitaba mirar para saber que Devdan iba entrar de un momento a otro.

Y no había Museo ni Devdan. Sancia apretó los puños con fuerza y abrió los ojos. La decisión estaba tomada.

Sintió el peso del guardapelo y de la cadena. Observó las delicadas piedras preciosas incrustadas alrededor y los dos rubíes en el sistema de apertura.

Bajó a la sala. Llamó a Hannah para que se llevara al niño. Fue al escritorio, tomó papel y lápiz. Escribió paso a paso lo que iba a hacer mientras les contaba a Johan y a Wilhelm cuáles serían sus papeles en la venganza. Aunque no la llamó así. Simplemente lo llamó retribución. Y en su mente se formó la imagen de la griega Némesis sonriendo torvamente.

Jacob nació en la ciudad. Dos meses después, Sancia pidió una entrevista con el más afamado joyero de la capital. Johan, Hannah y el niño viajaron con ella. Acordaron un precio que hizo palidecer a Johan.

Después de aquel día, Johan se limitó a observar cómo su esposa movía los hilos de la familia. Se hizo a un lado y la dejó hacer y deshacer a su antojo. Wilhelm obedecía sin rechistar ni hacer preguntas. Siempre dispuesto y confiado.

El día que los Lipz debieron abandonar sus tierras, Johan, su esposa y sus hijos regresaron a la granja DeGroot. Sancia no necesitó esparcir la noticia. Corrió como reguero de pólvora y antes del anochecer del día siguiente, todos pudieron imaginar a quién se debieron los cambios en la colonia.

29

Tío Ismael y Sven discuten el proyecto con el arquitecto. Me dejo caer en una silla plegable y los observo mientras el sol primaveral me inunda. Los escucho discutir a lo lejos como si se tratara de reconstruir el templo de Karnak a su máximo esplendor. Me gustaría decirles que es una simple casa, un diseño bastante minimalista a comparación del proyecto original de Sven. He tenido que limarle los delirios uno a uno. Yo estoy ahí para supervisar que no terminemos viviendo en un *Petit Trianon*.

—Disculpe, querida —dice una señora de cabello blanco recogido en un moño sobre la nuca—. Supongo que no me recuerda. Soy Paloma Holt, la viuda de Ivar.

Tengo un recuerdo muy vago de ella en una cena en la casa cuando Wilhelm aún vivía.

—Vamos a ser vecinas —dice y señala el bosquecito de pinos que circunda su casa como una muralla verde.

Digo alguna tontería sobre que será un placer y lo bien que se conserva. Ella sonríe. Dice que es el aire del campo. Se ve por su forma de vestir y por su perfecto peinado que es una mujer coqueta.

—Quería preguntarte, si no es mucha indiscreción de mi parte, si aún sigues con la idea de escribir una novela sobre tu abuela Sancia.

—Sí —respondo a la defensiva—, ¿por qué?

No voy a confesarle que después de los tres primeros capítulos (y la aprobación de mi editora) entré en un período de estancamiento. Si bien no dejé un solo día de pensar en mis personajes, no salgo del atolladero. Empecé a leer sobre la crisis económica que asoló al país y especialmente al sector agrícola ganadero para darle una perspectiva histórica. Traté de hacer un itinerario de dónde y cuándo se había presentado don Juan Iñigo Mendoza a dar sus muy sesudas conferencias y disertaciones, pero, aparte de eso, me sentía perdida con respecto al problema humano de la historia. Tenía el trasfondo, el tiempo y los espacios pero...Tampoco iba a desnudar mi alma para reconocer que no sabía cómo encarar el tema del "adulterio", de hasta dónde podía ir sin dejarme llevar por mis suposiciones y peor aún, por mi imaginación. Que Wilhelm fuera el verdadero padre de Ismael, Jacob y Sara no entraba en discusión. Pero ¿cómo habíamos llegado a eso?

—Porque me gustaría tener una charla de chicas. ¿Te parece mañana? Podríamos tomar el té en mi casa. ¿A eso de las cuatro?

—Sí, por supuesto. A las cuatro.

¡Qué sutil! ¿Charla de chicas? Hombres vedados del gineceo.

La observé alejarse. ¿Cuántos años tendría? ¿Setenta y cinco? ¿Ochenta? Camina con mucho garbo y se aleja con rapidez. La casa de los Holt debe estar a unos seiscientos metros desde el camino principal.

Sven me arranca de mis pensamientos. Me llama para que me acerque. Ahora vamos a discutir sobre los ventanales. Mi tema favorito.

Odio este cacharro. Es un mamotreto. Hubiera tenido que venir en bicicleta. Estaciono la camioneta de Sven frente a la entrada de la casa Holt. La hiedra ha tomado por asalto el frente, incluso las cuatro columnas que sostienen la amplia galería. Se entrelazan como lianas y cuelgan zarcillos como cortinas. Unas macetas de terracota en las esquinas albergan jazmineros en flor. Serviría para la portada de una revista de decoración.

La mesa está dispuesta en la galería: un mantel níveo y un juego de porcelana inglesa con ribetes dorados. Paloma Holt viene a mi encuentro con una fuente de delicias. Detrás de ella, una mujer más joven trae un calentador de agua eléctrico que coloca sobre una mesa lateral y enchufa en un discreto toma corriente bajo una de las ventanas.

—Es un día magnífico y me pareció una pena desaprovecharlo —dice.

¿Quién soy yo para negarlo? Es la hora en que los jazmines empiezan a soltar su perfume y la brisa estarce el aroma a diestra y siniestra. Es uno de esos breves instantes en que una se pregunta si no seguimos aún en el Edén y el castigo es no darnos cuenta.

Paloma dirige la charla hacia la construcción de la casa. Está convencida que es el mejor lugar, con una vista insuperable. Aunque esa parte del terreno está un poco desnivelado, afirma. Le digo que el proyecto del arquitecto es una casa en diferentes niveles. (La de discusiones que acarreó eso es algo que me reservo). Ella dice que está feliz por tío Ismael. Una cosa es que los hijos vengan de visita y otro es tener a la familia cerca. Además, agrega, bajando la voz como si me confesara un secreto, Sven le ha caído en gracia a Ismael, lo cual no deja de ser una ventaja, ¿no?

—Mi marido estaba muy impresionado con tu abuela Sancia —dice mientras agrega un toque de leche a su té—. Afirmaba que era una mujer excepcional. Debo confesar que más de una vez tuve celos por el aprecio que Ivar sentía por ella. Lo más cercano al amor reverencial que he visto.

No sé qué responder a eso. Me limito a sonreír vagamente y revolver mi té. No quiero predisponer su relato. Quiero que lo que sea que tenga que decir, lo diga libremente.

—El padre de Ivar murió repentinamente cuando él acababa de cumplir dieciocho años. Mi esposo se vio con la responsabilidad de ser el cabeza de familia de un grupo de mujeres que iban de los ochenta y tres a los doce años. Abuela, madre, dos hermanas y una tía solterona. Hubiera podido tornarse misógino con tanta hormona femenina suelta por la casa pero Ivar era muy inteligente y un poco filósofo... Meditó el asunto y decidió que aquello le serviría para comprender más a esa mitad de la humanidad. Mi querido Ivar era un hombre que le gustaba mirar los problemas desde diferentes ángulos; decía que uno no encontraba la solución del problema porque sólo lo enfocaba de un solo lado y solía citar ese refrán que dice: "si Dios cierra una puerta, es porque en algún lado abre una ventana". A Ivar le gustaba buscar esas ventanas.

—Derivado de una historia del libro de los Hechos —digo.

—¿Estudias la Biblia?

—Mi madre tuvo sus momentos místicos y nos leía la Biblia mientras comíamos. No nos dejaba ver mucha televisión.

—Sara —dice y sacude levemente la cabeza—. ¿Debo darte mi pésame?

—No es necesario. Creo que esta vida fue un verdadero suplicio para ella.

—Cierto. Ni siquiera fue una niña feliz... Ivar también leía la Biblia, aunque de vez en cuando. Lo hacía como un pasatiempo. Prefería los libros de filosofía y de historia. Con el tiempo reunió una biblioteca muy interesante. Supongo que tu abuela también lo alentaba a eso —dice, con un suspiro—. ¿Otra taza de té? ¿No? Si terminaste, me gustaría mostrarte algo. Justamente, es en la biblioteca.

Se nota que la casa ha sido remozada por alguna mano experta. Las habitaciones tienen un aire romántico, de escenario teatral. Cada cosa tiene un lugar estratégicamente calculado para verse maravilloso desde cualquier sitio. La biblioteca no lo es menos: cumple la idea que uno tiene de esas habitaciones tapizadas en libros en las que en cualquier momento puede ocurrir un asesinato (demasiada Agatha Christie en mi adolescencia).

Las alfombras amortiguan nuestros pasos. En una mesa lateral veo una foto en blanco y negro de Sancia enmarcada en plata: por la estética debió ser tomada en un estudio fotográfico. Sancia con un peinado sofisticado, con rizos sobre la cabeza, con un collar de perlas sobre la blusa blanca. Sancia con una sonrisa leve, algo sarcástica, como si se burlara de su propia vanidad. Sancia y sus ojos oscuros, capaces de agujerearte el alma como a un muñeco vudú. Sí, esa era la mujer contra la que mi propia madre luchó toda su vida porque no pudo imitarla, a la que odió porque no podía amarla en todas sus facetas, con sus errores y con sus pecados.

214

Paloma abre uno de los cajones del escritorio. Saca un abultado sobre cerrado. Lo sostiene frente a ella.

—Llegó una semana después de la muerte de Sancia. Recuerdo que le pregunté por qué no lo abría. Dijo que sabía de qué se trataba. Lo guardó en ese cajón y nunca lo sacó.

Sostuvo el sobre unos segundos más antes de tendérmelo sobre el escritorio.

—Tal vez pueda contener algo interesante para la novela.

Tomo un abrecartas de plata y marfil y rasgo el sobre con cuidado. Cuando estoy por sacar las hojas, Paloma me detiene.

—Preferiría no saberlo —dice y sonríe.

Me acompaña hasta la puerta. Hace algún que otro comentario sobre la construcción de la casa y de que no me olvide de los jardines porque son la esencia de un hogar, sobre tío Ismael y lo contento que está, sobre lo linda que se está poniendo Colonia DeGroot con los años. Nos despedimos como dos amables vecinas.

Cuando subo a esa horrible camioneta, me doy cuenta que estoy estrujando el sobre entre mis dedos. Lo dejo a un lado. Conduzco hasta el lugar donde Sven, tío Ismael y el arquitecto han decidido erigir la casa, mi futuro hogar. Hay unas demarcaciones básicas en el suelo. Me siento en donde será nuestro *living*.

Saco las hojas del sobre. Las manos me tiemblan. Hay una carta fechada diez días antes de la fecha del fallecimiento de Sancia. Está dirigida a Ivar. El resto son las hojas cortadas del diario.

30

"Queridísimo Ivar:

Todo siempre tiene un final. Depende de cada uno saber hacer de él algo inolvidable. A lo largo de los años, hemos cimentado una amistad en mutuo beneficio. Por eso, a modo de despedida, te envío estas páginas de mi diario personal. Haz con ellas lo que quieras: tienes mi bendición. Desde aquel aciago día en que fui llevada frente al Consejo, siempre he confiado en tu inteligencia y en tu percepción de las cosas.

Querido amigo, nunca sabrás la profunda alegría que me dio ver en tus ojos la comprensión a mis palabras. Pero sólo al escuchar tu voto supe que no me había equivocado, que había obrado en forma debida. No sé si fue la mejor decisión. Lo que sí puedo decirte es que fue la única que me pareció correcta.

Con todo mi cariño,

Sancia."

31

¿Por dónde comenzar?, se preguntó Sancia ante la hoja en blanco de su diario. ¿Por qué hacerlo? Fue la siguiente pregunta que debió responderse. Durante tantos años había guardado tan bien el secreto y ahora sentía la urgencia de escribirlo, ¿por qué? Había pensado que el secreto iba a morir con ella. Por eso la había sorprendido aquel voto a su favor, el único en el Consejo, el voto de Ivar, que había impedido la unanimidad en la decisión, lo que hubiera sido catastrófico para sus hijos y para Johan. Para ella, no. Había aprendido a vivir fuera de las convenciones sociales. Y había aprendido también a vivir con las consecuencias de sus acciones. Buenas o malas.

¿Por qué no empezar dos meses atrás, más o menos? Sí, cuando Lucille Holt llegó a la puerta de su casa, acompañada de su hijo Ivar y su hermana solterona. Su esposo había muerto seis meses atrás durante el sueño. Aquellas eran las primeras salidas sociales que tenía la familia y les pareció correcto visitar a sus vecinos más cercanos. Especialmente a los DeGroot, quienes fueron los primeros en socorrerlos ante tamaña eventualidad.

Lucille Holt le llevó algunas ropitas para el nuevo bebé que ella y su hermana habían tejido y bordado. La manta para la cuna era de una inusitada delicadeza. Sancia no pudo menos que quedar admirada con la habilidad de las mujeres de la familia Holt.

—¿Qué nombre le pondrán? —preguntó Lucille.

—Si es varón, Jacob. Si es niña, Sara.

—Hermosos nombres bíblicos —dijo la viuda Holt mientras pellizcaba un trozo de tarta de cerezas que Gertha había preparado para aquella ocasión.

Todo el mundo sabía que las Holt se vanagloriaban de servir una excelente mesa, en las que se ofrecían variedades de carnes, salsas que podrían hacer palidecer de envidia al más reputado chef francés y postres de complicada elaboración (aunque los profiteroles, según Sancia, dejaban mucho que desear). Por eso Gertha se esmeraba y cada visita de las Holt representaba un desafío culinario que Sancia observaba con mirada risueña.

Un instante superfluo, por demás de banal, puede ser decisivo en más de una ocasión. Los grandes generales lo aprendieron en el transcurso de sus guerras.

Posiblemente Alejandro Magno también fue alcanzado por esa espiral que absorbía y estarcía sin ton ni son momentos de feroz insignificancia que, por el azar o el ansia bromista de un dios beodo, se transformaban en trascendentales de un plumazo.

¿Quién iba a decir que Ivar Holt, tan aburrido en un rincón de la sala, masticando sus propias preocupaciones, recordaría aquella conversación en un momento tan oportuno? ¿Quién hubiera apostado su vida a la inteligencia de un muchacho de educación mediocre, hastiado del campo y de su familia, sobre quien el destino había descargado el peso de sostener a una piara de hembras quejosas?

Tampoco Sancia hubiera dado un centavo por Ivar Holt en aquella oportunidad hasta que, de golpe y porrazo, lo vio alzar la cabeza y mirarla, con la luz del entendimiento despejando los atascados nubarrones de la abulia. Y fue en ese instante que ella supo que tenía un aliado.

Pero eso sería adelantarse a la historia.

Johan ayudó a su esposa a descender del camión. Sancia tomó un poco de aire, agitó el abanico para evitar que el sudor le perlara el rostro. Aquel embarazo estaba agotándola. Se sentía enorme, inflada, cansada y hambrienta la mayor parte del tiempo pero apenas comía tres o cuatro bocados, ya se sentía satisfecha y una hora después, vomitaba hasta las tripas. No veía la hora que el niño naciera y pudiera descansar un poco.

Entraron al salón comunal. Sancia ralentizó el paso, no para provocar conmiseración por su estado sino para ir estudiando los rostros: uno a uno, grabando en su mente sus posiciones, sus gestos, quién hablaba con quién, quienes la prejuzgaban, quienes no habían asistido, quienes ansiaban ese momento.

Al final, en un rincón, esperaba Finnbar.

Elijah Volkeen sugirió que Johan esperara afuera. La situación podría resultarle penosa, dijeron. Él respondió que nada que dijera su esposa o hubiera hecho podía avergonzarlo. Marian Lipz le señaló una silla más apartada, junto a la puerta y le recomendó silencio. Finnbar quedó del otro lado del salón.

Los ocho asistentes al Consejo se sentaron en semicírculo y colocaron un asiento para Sancia (en atención a su estado) en el centro de la sala. Por lo general a los acusados se los interrogaba de pie. Alguien trajo la Biblia de tapas negras del atril junto a la ventana y se la tendió a Sancia. Ella la tomó y sosteniéndola con ambas manos dijo, fuerte y claro:

—Juro sobre estas Sagradas Escrituras que he seguido sus enseñanzas como en ella están descritas. No he hecho acción alguna que los patriarcas no hubiesen aprobado.

Hubo un incómodo silencio y Marian Lipz bufó, golpeó el suelo con su bastón y soltó:

—Ha llegado una acusación a este Consejo en tu contra, Sancia, esposa de Johan DeGroot. Una acusación que va contra nuestras costumbres y contra nuestras creencias. Que hable quien te acusa y presente sus pruebas.

La vieja urraca no quitó los ojos del rostro de Sancia. Si esperaba ver preocupación o angustia, quedó burlada. La mujer no varió un ápice su expresión, tan pacífica como cuando servía el té en su propia casa. Johan cerró los puños y sus nudillos se pusieron blancos, pero su reacción no debía ser tenida en cuenta. Él no estaba siendo juzgado.

Finnbar avanzó hasta colocarse a un lado del semicírculo, junto a Ivar Holt.

—Todos me conocen desde niño. Mi nombre es Finnbar y mi madre fue criada de la casa de los DeGroot desde que yo tenía dos años. Jeremiah me trató como a un hijo más —dijo y todos asintieron.

Sancia clavó su penetrante mirada en el hombre de pie y no la apartó en ningún momento. Hans Filcher diría después que ni siquiera había pestañado una sola vez y Helga Andersen se persignaría y, para sus adentros, la llamaría bruja.

—Cuando Jeremiah anunció que Johan iba a casarse me sorprendí. Durante los diecinueve años que había vivido con ellos, nunca vi ni escuché que Johan se hubiera ido con una mujer. Diferente era en cambio Wilhelm a quien sorprendí entregándose durante la adolescencia al placer solitario y un par de veces en una casa de pago en la ciudad. A Johan, jamás. Ni oportunidades ni dinero le faltaron. Más de una familia miraba con buenos ojos emparentarse con los DeGroot. Pero juro, por la salvación de mi alma, que Johan llegó a los treinta años sin conocer mujer alguna. Tan puro como una paloma. Y luego, llegó ella —dijo y miró a Sancia de frente. Se estremeció al ver que la mujer no dejaba de observarlo con fijeza—. Durante la primera noche y las noches que siguieron, nada ocurrió entre ellos.

—¿Cómo...? —preguntó Johan, saltando de su asiento.

—¡DeGroot! —chilló Marian Lipz—. Se te ha permitido estar presente con la condición de que guardaras absoluto silencio. Ya llegará el momento de preguntar detalles—. Prosigue, Finnbar.

—Una noche la encontré a ella vagando en la cocina. Y le dije que lo sabía. Sabía que Johan no podía comportarse como un hombre. Pero llegó Wilhelm y me golpeó. Desperté en la parte superior del granero. Wilhelm había trasladado mis cosas ahí. Como había descubierto el secreto, me sacaron de la casa. Pero Jeremiah, que era un hombre justo, ordenó que regresara. Me dieron una de las habitaciones para los criados junto a la despensa. Wilhelm dijo que mi habitación, por estar frente a la de Johan, sería para sus hijos, que empezarían a acondicionarla. La verdad es que pasaron muchos meses antes que ella se embarazara. Muchos. Demasiados para una pareja joven y saludable. Al fin tuvieron un hijo y ahora está otro en camino. Ahí en su vientre está la prueba de su adulterio. Pregúntenle a ella quién es el padre de Ismael y del que lleva en el vientre.

—¿Eso es todo lo que tienes que decir, Finnbar?

—Hay algo más. Cuando un día me acerqué para ver de cerca al niño que estaba en la cuna, ella se opuso. Ordenó a Wilhelm que me sacara de la casa. Y unos días después, Johan y su hermano me echaron de la granja. Me dieron dinero y me dijeron que no volviera. Wilhelm dijo que si me veía en tierra de los DeGroot o cerca de Sancia o del niño, me quebraría cada hueso del cuerpo. Lo hacen para protegerla. Para que yo no descubra su secreto.

—¿Estás dispuesto a jurar que tu testimonio es la verdad sobre las Sagradas Escrituras? —preguntó Hans Filcher, acercándole la Biblia.

—Lo juraré las veces que sea necesario —dijo, poniendo su mano sobre la Biblia—. He dicho la verdad.

Helga Andersen se puso en pie. Era una mujer flaca pero caderona, con el cabello de un desvaído color rubio. Llevaba un vestido negro que remarcaba su condición de viuda sin más adorno que una cinta de terciopelo que sostenía una cruz de madera.

—Conocemos a Finnbar desde que era un niño. Ha jugado con mis hijos. Ella es una extraña. Nada sabemos de ella. Esta mujer no es digna de confianza. Miente. Es una adúltera.

—Calma —dijo Lars Brühl—. Debemos escuchar a la acusada antes de votar. Sancia, esposa de Johan, ¿qué tienes que decir? Si debes pedir perdón por algo, este es el momento. Seremos magnánimos si confiesas tus pecados y prometes enmendarte. De lo contrario, si el Consejo te encuentra culpable se te aplicará el castigo con su máximo rigor. ¿Entiendes cuál es el castigo por adulterio?

—Sería expulsada de la comunidad. Jamás podría regresar mientras el Consejo estuviera en pie y no me perdonase expresamente. Mis tierras, si las tuviere, pasarían a ser parte de las tierras comunales. Mi esposo tendría derecho a repudiarme y tomar otra esposa. Mis hijos serían considerados parias y ningún miembro de la comunidad podría tener trato de ningún tipo con ellos.

—Sí, esa es la ley —dijo Amund Bager.

—Es la ley de la colonia —corrigió Sancia—. Las leyes del país dicen otra cosa. Sin embargo, la familia de mi esposo ha vivido en consonancia a estas normas privadas. He de acatarlas.

Marian Lipz frunció el hocico. No le causaba gracia que esa mujer quisiera pasarse de lista. Las normas de la Colonia estaban establecidas desde que los padres fundadores, dos generaciones atrás, las habían escrito y firmado, imponiéndolas a sus descendientes. No necesitaban recordar que, en algunos puntos, las leyes del país eran menos estrictas que las de la Colonia. Ellos, pensaba Marian Lipz, seguían las normas de Dios.

—Habla con libertad, Sancia, esposa de Johan —dijo Kurt Dahl.

—He escuchado con atención lo que ha dicho Finnbar.

Es verdad que lo conocen desde niño y que Jeremiah lo crió como si fuese su verdadero padre. El padre de mi esposo poseía un gran corazón. Dice también con justeza que en la noche de bodas y las que siguieron, el matrimonio entre Johan y yo no fue consumado.

Hubo un murmullo rápidamente sofocado. Finnbar reprimió una sonrisa macilenta. Sancia ni siquiera se inmutó. Siguió hablando con el mismo tono tranquilo después de la pausa.

—Hacía poco tiempo había perdido a mi padre y mi forma de vida. Johan me conoció en casa de mi hermana donde era tolerada pero no bien recibida. No puedo decir que me enamoré de él como él lo hizo conmigo, a primera vista. Otros problemas rondaban mi mente. El esposo de mi hermana me consideraba una carga y me había pedido que buscara un trabajo o me casara. Había encontrado un trabajo como copista cuando Jeremiah fue en mi busca, para contarme sobre su hijo Johan. Fue un noviazgo corto, signado por el apuro de mi cuñado por sacarme de su casa. Yo accedí al matrimonio por diferentes motivos: entre ellos, por el cariño que me inspiró Johan con su trato y la sensación de sentirme amada de semejante manera. Sin embargo, yo no estaba lista. Y en la noche de bodas, Johan se portó conmigo como un verdadero caballero. Y así noche tras noche hasta que fui yo la que, comprendiendo que también lo amaba, subí al dormitorio y me desnudé para él. Esa noche fue cuando Finnbar me encontró vagando, como él dice, en la cocina. Y he aquí que él miente. Acababa de servir un vaso de leche cuando él se me acercó. Me dijo, ciertamente, que él creía que Johan era impotente aunque eligió palabras soeces para informármelo. Además, me hizo proposiciones deshonestas y me aferró la mano con intenciones que hubieran sido... Por suerte Wilhelm escuchó el vaso romperse y mis insultos. Sí, es verdad que dejó inconsciente a Finnbar de un bofetón pero sólo después que éste lo golpeó primero. Yo me quedé limpiando el suelo y Wilhelm se ocupó de Finnbar. No sé dónde lo llevó y, para decir la verdad, en ese momento, no me importó en lo más mínimo. Pero algo bueno salió de ese malhadado encuentro: comprendí que mi conducta estaba dejando mal parado a mi esposo. Subí a nuestra habitación y ambos nos desnudamos. Yacimos juntos en la cama matrimonial. Esa fue la primera vez.

Sancia bajó los ojos hasta sus manos que descansaban sobre su regazo. Después de un segundo, pidió un vaso de agua. Ivar Holt, pálido como un papel, le acercó un vaso lleno hasta casi el borde. Sancia bebió un tercio del agua y se lo devolvió. El muchacho se apuró a regresar a su asiento.

—Entonces, ¿dices que Finnbar miente? —preguntó Helga Andersen.

—A veces, dice la verdad. Otras, miente. Pero creo que siempre tergiversa los hechos para salir airoso —respondió Sancia—. Dijo que lo obligaban a dormir en el granero. La verdad es que se emborrachaba y para que Jeremiah no lo castigara pasaba la noche en cualquier parte: en la despensa o en el granero, eran los lugares más comunes. Al día siguiente, cuando Jeremiah lo buscaba, él aparecía en estos lugares como si hubiera estado trabajando desde temprano. Nunca lo echaron de su dormitorio. Pero, cuando Jeremiah enfermó, hubo un reacomodamiento de la casa. Wilhelm pasó a dormir en la habitación contigua a su padre para atenderlo durante la noche y a Finnbar, le dieron la habitación del piso inferior.

—¿Quieres hacernos creer que el hijo de Jeremiah dormía en una habitación de criados mientras el hijo de una criada, por muy apreciado que fuere, ocupaba una de las habitaciones principales? —preguntó Elijah Volkeen.

—Yo me limito a relatar los hechos que vi. Gertha, la cocinera, puede dar fe de eso —dijo Sancia, con tono despectivo—. Cuando llegué a la granja DeGroot, y eso es bien conocido por ustedes, Wilhelm no brillaba por ser sociable. Tenía un aspecto desprolijo y apenas hablaba. Se pasaba el día en el campo y ni siquiera se sentaba a la mesa a cenar con su familia. Comía en un rincón de la cocina. Por qué eligió eso para sí mismo, no lo sé. No fue tarea fácil integrarlo a las costumbres familiares. Pero esto no es lo importante ni lo que se vino a discutir aquí hoy.

Sin esfuerzo, Sancia se puso en pie. Dio la impresión de crecer varios centímetros, de erguirse solemne como una estatua en el centro del salón. Su vestido, de un celeste oscuro, de excelente corte, le daba al vientre prominente una elegante curva. Un moño de raso blanco recamado en perlas diminutas le confería un aspecto moderno sin ser llamativo.

—¿Quieren saber si fui adúltera? ¿Quieren saber si mis hijos son hijos de Johan? Bueno, esto es lo último que voy a decirles, señores, y me tiene muy sin cuidado que les baste o no les baste. Yo tengo la conciencia en paz —dijo y acentuó la última frase para que sonara por lo ancho y alto del salón—. Mis hijos fueron concebidos en la cama de mi esposo, entre los brazos de mi esposo. Sus ojos jamás dejaron de ver los míos ni yo de besar su boca. Nunca he estado en la cama a solas con otro hombre. Mi esposo estuvo conmigo cada vez que fui bendecida con la concepción de un niño.

Mientras hablaba fue paseando la mirada por cada uno de sus jueces. Helga parecía a punto de explotar de rabia. Marian tenía el ceño fruncido y cada tanto golpeaba quedamente su bastón contra el suelo. Amund Bager se aburría y quería terminar con eso con la mayor rapidez y regresar a su casa. Lars Brühl sonreía sarcásticamente. Kurt Dahl y Elijah Volkeen se mostraban ofendidos por la forma como Sancia les hablaba, sin miedo, casi reprendiéndolos por meterse en su vida.

Fue en ese instante cuando Ivar Holt, un muchacho apocado pero inteligente, pálido y temeroso, alzó los ojos y en ellos se prendió el destello del entendimiento. Sus mejillas se encendieron como antorchas.

32

—¿En serio? —pregunta Sven cuando le leo el borrador del epílogo.

—En serio —respondo.

—¿Qué parte es verdad y cuánto has inventado con tu imaginación calenturienta? —se burla mientras me saca las páginas de las manos y las relee, moviendo los labios, como un niño.

Me yergo en la cama y me apoyo en el codo izquierdo. Trato de quitarle las hojas pero él salta fuera y sigue leyendo de pie, desnudo, caminando por el cuarto, sin importarle que haga un frío de los mil demonios. Aún falta conectar el sistema de calefacción en la nueva casa.

—¿Tu tío sabe que vas a publicar esto?

—Sí. Bueno, más o menos. Sabe lo grueso, no los detalles.

—Deberías decírselo.

—¡Cuánto aspaviento! Peores cosas hay publicadas. Sin ir más lejos, hay un *best seller* que habla de sodomía, incesto, adulterio y todo lo que se te ocurra y nadie piensa...

—Ya conozco ese chiste. Es la Biblia. No te hagas la sabionda conmigo —dice y, acercándose a los pies de la cama, me tiende las hojas—. Esto representa a tu familia. Hay otros a los que también atañe. A tu primo Jeremiah, sin ir más lejos. Le preguntaste a él.

—Le pregunté al cabeza de familia. No puedo ir preguntando a uno por uno qué opina.

—¿Cuántos son? ¿Media docena de primos? ¿Y tus hermanos?

—Ni siquiera leen lo que escribo.

—Esto te juro que lo leerán.

—Pensarán que es una de mis fantasías de nena rarita y dirán que mi pasado me condiciona, cosas así. En pocas palabras, me llamarán loca y se ocuparán de sus propios problemas.

Sven se mete en la cama, me tira su cuerpo encima impidiéndome escapar y dice:

—Hablando de ese asunto, creo que hoy es un buen día para contarme qué es eso tan misterioso que te pasó. Todos se lavan las manos y dicen que debes decírmelo tú misma. Sea lo que sea, yo he comprado todo el paquete.

—No lo comprenderías —digo—. Y eso haría que midieras tus palabras, que intentaras no herirme, que quisieras protegerme.

—¿Eso es malo?

—Lo único que conseguirías es recordármelo a cada momento.

—¿Alex lo sabía?

—Por todos los demonios del Averno, ¿qué pregunta es esa?

—Una muy sencilla. ¿Lo sabía o no lo sabía?

—Sí, lo sabía.

Sven rueda hacia su lado de la cama. Se queda quieto un instante y luego, vuelve a salir. Comienza a vestirse.

—Salió en los periódicos, en la televisión... La casa le resultó familiar. También el apellido de mi madre. Fue un verdadero escándalo en su momento. Yo no tuve que decírselo.

No se detiene. Sigue vistiéndose.

—Te lo diré. Después no digas que no te lo advertí —digo. Hago una pausa. Suelto las palabras lentamente—. Mi madre intentó matarme en el garaje de la casa. Casi lo consiguió. Yo tenía cinco años.

Se queda quieto. Inmóvil. Esa no se la esperaba. Ni siquiera me mira. Sus células grises están procesando la información y algunas se niegan rotundamente a concebir semejante barbaridad.

—Publícalo —dice.

EPÍLOGO

—Quisiera que me confiaras algo más que tu cuello —dijo ella.

—Tienes mi vida en tus manos. ¿Qué más puedo darte?

Sancia lo miró a los ojos, al fondo de los ojos, en ese lugar donde residía el alma. Johan se estremeció y se aferró más al cuerpo de su esposa como si temiese que se le escapara.

—Un hijo. O todos los que quieras.

—Sancia —suspiró Johan y cerró las manos sobre la tela de la blusa.

—Escúchame, Johan. Escúchame con atención —dijo ella, sacudiéndolo por los hombros—. Si después de escucharme, quieres que no vuelva a hablar de esto, no lo haré aunque mi vida dependa de ello. Pero, óyeme hasta el final. No me juzgues hasta no haberme oído.

Johan asintió. La vehemencia en las palabras de ella espantó su miedo. Ella lo tomó de la mano, lo llevó hasta los restos del muro de piedra que había dividido las propiedades de Jeremiah y de Malevich. Wilhelm lo había dejado para que las vacas no pasaran e hicieran estragos. Los dedos de Sancia se entrelazaron con los de Johan, como si quisiera retenerlo. Él bajó los ojos y estudió los nudillos filosos y pequeños, las uñas rosadas, levemente alargadas de ella. Se llevó los dedos a los labios.

—No necesitas convencerme, Sancia, haré lo que me pidas si con eso te quedas a mi lado.

—Johan, querido. Te lo prometí. Te lo juré. Sólo la muerte me arrancará de tu lado.

—Entonces, no necesito saber más.

—Estás equivocado —dijo ella, con determinación—. ¿Has leído la Biblia, Johan? ¿La has leído concienzudamente?

Johan alzó la vista hasta aquellos abismales ojos negros. Se quedó pensando un instante, dudando. La verdad era que no se consideraba un buen creyente. Se mantenía dentro de las normas morales pero no era dado a la oración ni a la lectura de las Sagradas Escrituras.

—Cuando buscaba una solución a tu pena, Johan, pensé en mi padre y en Hagia Sofía, la basílica en Estambul.

Johan sacudió la cabeza en negativa. No comprendía.

—Sancia, ¿a dónde quieres llegar?

—Lo escribí —dijo ella, metiendo la mano en el bolsillo de su pollera. Sacó un papel doblado en cuatro y lo extendió—. Tómalo, Johan y léelo por ti mismo. Y también pasa algo similar en la tradición hindú. Aunque parezca terrible, es considerado casi un acto altruista.

—¡Basta!

En el papel había un extracto del libro del Deuteronomio. Los ojos de Johan recorrieron las palabras con incredulidad. La ley del levirato. Pero él no estaba muerto. O al menos una parte de él no lo estaba.

—Sara, la esposa de Abraham, le entregó a su sierva. Y Raquel hizo lo mismo con Jacob, ¿recuerdas qué fue lo que le dijo? Que la sierva pariría sobre sus rodillas para que ella pudiera considerarlos sus hijos.

Johan estrujó el papel y lo arrojó a los pies de Sancia. Le dio la espalda y ocultó el rostro entre las manos. Se aferró al muro. Sentía que perdía las fuerzas. Sancia se acercó pero él la rechazó. Ella retrocedió, tomó el papel y lo guardó en su bolsillo.

—No volveré a hablar del asunto —dijo ella, con suavidad—. Perdóname si te ofendí. No fue mi intención hacerlo.

Le dio la espalda y comenzó a caminar de regreso a la casa. Apenas se había alejado quince pasos cuando Johan la detuvo llamándola por su nombre. Ella giró con lentitud.

—Tengo miedo, Sancia —dijo Johan—. Temo que dejes de amarme. Puedo soportarlo todo, menos eso.

Ella volvió sobre sus pasos y se abrazó a Johan, hundiendo el rostro en el pecho del hombre. Se quedó ahí, quieta, adherida a él hasta que le dolieron los brazos.

—¿Cómo podría estar seguro de que no lo amarás más que a mí? ¿Cómo podría soportar saber que él hace lo que yo no puedo? Llegará el día que me veas como un sobrante, algo inútil de quien prescindir.

—No, Johan, jamás.

—¿Qué te doy, Sancia, para que puedas seguirme amando?

Ella alzó las manos y las apoyó en las mejillas del hombre. Lo acarició con suavidad, mirándolo a los ojos.

—Me das el mundo, Johan —dijo ella—. Está ahí en tus ojos, cada vez que me miras.

—¿Y qué verás en sus ojos, Sancia? Sé que te desea. Sé que eres para él casi tan importante como para mí. Si derribamos la única barrera que le impide tomarte...

—Erigiremos otras barreras, Johan.

—¿Cuáles?

—No sé. Pero levantaré muros si es necesario para que alejes esos pensamientos de tu cabeza.

—Dime algo, lo que sea.

—Jamás lo besaré —dijo ella, atrayendo la cabeza de él hacia sus labios—. Nunca. Jamás lo miraré a los ojos en la intimidad. Sólo te miraré a ti.

—¿A mí?

—Sí, sólo a ti.

Después de aquella conversación con Johan en el huerto, Sancia se encontró en el dilema de cómo afrontar el paso siguiente. La mitad estaba resuelta. Faltaba la otra mitad.

Aquel fue un largo y tórrido verano. Jeremiah sufrió el primer ataque cuando el verano estaba en su fin pero el calor aún no se desprendía de los árboles y achicharraba los capullos de las flores. El otoño, con sus noches frescas, era una promesa ansiada pero que demoraba en ser cumplida. Y fue en una de esas noches, cuando Sancia sentada en la oscuridad del cuarto, desnuda por la canícula y abanicándose con una propaganda de maquinaria agrícola, mientras esperaba a Johan que se había levantado al escuchar un ruido en la habitación de Jeremiah, concibió la solución del acertijo.

"Para resolver un acertijo", se dijo, "hay que descomponerlo en sus partes".

La primera parte fue dejar un par de botellas de ginebra en la despensa, mal escondidas y al alcance de Finnbar. Sancia sabía que algunas noches, especialmente calurosas, Finnbar descendía a dormir a la bodega, que se mantenía fresca por estar varios metros hundida en la tierra. Lejos de ser un lugar húmedo como un sótano, era fresca y seca: había sido revestida en piedra, arena y maderas. Además de ser a prueba de ratas.

Finnbar bajaba acompañado de una botella. Comía un poco de queso, algún embutido y rumiaba sus pesares hasta que lo sorprendía el fondo de la botella y el sueño. Sancia sabía que Finnbar no resistiría la tentación de la mejor ginebra que se pudiera conseguir de ese lado del país. Y para asegurarse de que sufriera suficiente sed, dejó un buen trozo de excelente jamón curado con especias y pimienta negra.

Recomendó a Johan que estuviera con Jeremiah hasta tarde hablándole sobre los campos y los problemas del Consejo (más chismes que otra cosa). Ella llenó la bañera con agua tibia y colocó una silla del lado interno de la puerta. Como al descuido dejó la puerta mal cerrada (que no es lo mismo que dejarla abierta, lo que hubiera sido algo demasiado burdo y obvio). Se desvistió y se metió al agua, tarareando "Sempre libera" de La Traviata, aunque no recordaba a quién se lo había oído cantar por primera vez. Una soprano que alguien le había presentado en Londres, en una casa de campo, una mujer entrada en carnes y en años pero de una voz capaz de imponer silencio al ejército de Su Majestad en pleno. Un apellido italiano. Sí, todas las grandes divas tenían apellido italiano. Todas amaban a Verdi y a Rossini. Sancia cerró los ojos, apoyó la cabeza en el borde de la bañera y siguió musitando, como para sí, otra aria. Tenía un repertorio completo (solían ir mucho a la ópera, un privilegio del que, con su padre, nunca se privaban). Mal o bien trataba de recordar las notas, las modulaciones...

Escuchó el quejido de la madera de la silla al recibir el peso de Wilhelm. No necesitaba abrir los ojos para verlo. Simuló estar absorta en su tarareo. Alzó la mano. Una invisible batuta se agitó delante de una fantasmal orquesta que seguía a un más fantasmal coro que entonaba "Va, pensiero" con morosa falibilidad de memoria. El brazo desnudo, el hombro, un pie saliendo del agua, apenas el tobillo y la idea de que sólo la cubría el agua. El pensamiento erotizado más que la vista. La imaginación como combustible del deseo. Sancia sabía que aquel instante no debía durar por siempre.

Abrió los ojos. Se hundió en el agua y, como recordando para qué estaba allí, buscó el jabón que, (oh, distracción), había olvidado sobre la mesada del lavabo, a unos tres pasos de la bañera.

Los ojos de ambos se encontraron. Wilhelm no se movió. Él también podía jugar a ese juego tan bien como ella. Ella, escondida a medias, resguardada, agazapada dentro de la pared enlozada. Que ella no gritara, era un permiso. Que él no se moviera, era el reconocimiento de ese permiso. Desde ese día, buscaría la silla. Su lugar. Era un derecho otorgado.

—El jabón —dijo ella, pero no bajó la voz—. Enjabóname la espalda.

Su tono lo hizo alzar una ceja. No era un susurro. No era un secreto. Salió de su escondrijo. Pasó junto a la puerta entornada. Tomó el jabón. Se lo llevó a la nariz. Olía a jazmín y un poco a vainilla. Wilhelm cerró los ojos. Sí, el aroma que asociaba a ella. El perfume que lo perseguía en sueños. Y el que él perseguía despierto.

Se arrodilló junto al lateral de la bañera. Ella se corrió hacia delante, abrazándose las rodillas. Él se remangó la camisa encima del codo. El poderoso antebrazo se hundió en el agua. Apoyó el jabón en el centro de la espalda, en la curvatura expuesta y deslizó la mano. Fue dejando círculos de espuma blanca.

Dejó el jabón sobre el borde y, con las yemas de los dedos, tocó la piel, dibujó en ella las palabras, los gestos, las promesas que no podía decirle. Ella cerró los ojos y dejó que su cuerpo absorbiera la intensidad de las caricias como la tierra sedienta bebía las primeras gotas de lluvia.

Entonces, habló.

—Johan no puede tener hijos. Aún así lo amo. Mi amor hacia él jamás será motivo de disputa. Es mi esposo y seguirá siéndolo —dijo ella. Los dedos de Wilhelm mantuvieron la delicada presión sobre las vértebras, sobre los omóplatos—. He hablado con él. Y ahora debo hablar contigo. Escúchame hasta el final, Wilhelm. No es necesario que me des una respuesta ahora. Puedes tomarte el tiempo que necesites. La idea fue mía así que si te ofende o te enoja, sólo debes culparme a mí, nunca a Johan. Ya demasiado tiene sobre su conciencia.

Sancia hizo una pausa. Los dedos de Wilhelm extendieron la espuma blanca sobre los hombros de la mujer. Ella comprendió que él iba a escucharla.

—Jeremiah estaría feliz: sangre de su sangre. Sólo cambiaríamos un nombre o dos en esa verdad —dijo ella—. En la Biblia...

—No me interesa —dijo Wilhelm. La audacia de los dedos se deslizaba por los brazos, rozando al pasar un lado del pecho generoso, a medias sumergido—. Respóndeme una pregunta: y tú, ¿serías feliz?

—Sí —dijo ella y alzó los ojos hasta los de Wilhelm. Eran los más azules que había visto. Grandes y honestos. Tenía una boca carnosa, sensual. Su castigo sería no besarla jamás—. Pero habrá condiciones.

Wilhelm asintió en silencio. Lo suponía. Regresó por el brazo al hombro y de allí a la espalda. Tomó la esponja y la cargó de agua. La presionó sobre el omóplato, analizando los pequeños ríos que iban barriendo la espuma.

—¿Cuáles?

—Será en la cama de Johan —dijo ella—. Él debe estar con nosotros.

La mano del hombre estrujó la esponja hasta que soltó la última gota. Sancia notó la tensión en su cuello, la lucha interna, la posibilidad de desdecirse. Ella no se movió.

—Nunca seremos sólo tú y yo, ¿entiendes? Es la condición.

Wilhelm dejó la esponja y retiró la mano. Sintió el agua chorreándole sobre el pantalón. Se puso en pie, buscó una toalla. Se secó el antebrazo y bajó la manga de la camisa. Se acercó a la puerta.

—¿Cuándo? —preguntó.

—Mañana por la noche.

Salió en silencio.

Sancia no lo volvió a ver hasta la hora de la cena del día siguiente. Fue un momento incómodo, silencioso, en el que los tres se rehuían la mirada y canalizaban sus preocupaciones hablando cada tanto con Finnbar, cuyos sentidos estaban embotados por el calor del día y el alcohol que había consumido a escondidas.

Para acompañar el postre, unas sencillas manzanas horneadas con miel, Sancia sirvió unas diminutas copas de jerez portugués que había mandado traer meses atrás. En la copa de Finnbar deslizó unas gotas de la tintura de opio que el médico recomendaba para que Jeremiah pudiera dormir sin sobresaltos. La misma cantidad prescripta para Jeremiah, ni una sola gota más. Después de la buena cena (carne rellena con huevos y verduras), un sabroso postre y la copa de jerez, Finnbar se sintió somnoliento. Aún así decidió ir a fumar a la galería, donde esa noche corría una suave brisa fresca. El calor del día empezaba a aflojar durante la noche. Las noches empezaban a ser más tolerables. Cuando entró, encontró a Wilhelm observando con fijeza un vaso de agua a medio llenar como si dentro de él se pudiera encontrar, encerrado en un punto maravilloso, cada lugar del universo. Finnbar sacudió la cabeza, que sentía pesada, y se fue a dormir pensando en lo mal que estaba Wilhelm de la sesera. No podía decirse que era un loco, no, eso no, pero era un ser raro, a veces, bestial. Lo

239

había visto matar al caballo de los Holt con sus propias manos cuando éste se fracturó la columna. Había sacado del huerto al toro de los Volkeen a mano desnuda, aferrado de los cuernos, como si fuese un gato travieso.

Finnbar se tiró sobre el camastro y se durmió casi al tocar la almohada con la cabeza. Ni siquiera se enteró cuando Wilhelm se paró a su lado, se aseguró que estuviera en el quinto sueño y salió despacio, cerrando la puerta.

Afuera, era una noche estrellada. El otoño empezaba a olerse: era como un hálito fresco que arrastraba el aroma de la resina de los pinos, más allá de los sembradíos. Wilhelm observó las estrellas sobre su cabeza y pensó que, hasta esa noche, no le parecía haberlas visto nunca antes.

Era la hora convenida cuando ascendió a paso tranquilo. Fue primero a la habitación de su padre y se aseguró que durmiera cómodo, casi sentado sobre las almohadas. Eso, decía, lo ayudaba a respirar. Se aflojó el primer botón de la camisa que estaba ahogándolo.

La puerta del cuarto de Johan estaba abierta. Apenas una pulgada. Entró. Johan estaba mirando hacia la densidad de la noche. Las cortinas se sacudían en danzantes ondas acuosas a su lado. Tenía la camisa abierta y se había quitado los tiradores que colgaban como alas muertas. Sancia esperaba junto a una de las columnas a los pies de la cama. Llevaba el cabello suelto: la espesa cabellera negra cubría la espalda del camisón de batista y encajes. Estaba descalza. Ambos giraron a ver al recién llegado. Sancia sonrió. Wilhelm cerró la puerta y corrió el cerrojo.

Alguien debía hacer el primer movimiento y fue Sancia. Desabrochó con sensual calma los tres botones de perla y dejó caer el camisón a sus pies. Su desnudez golpeó a Wilhelm, como si fuera la primera vez que veía ante sí una mujer. Ella tendió una mano invitándolo a acercarse. Él obedeció escuchando los latidos de su corazón como si éste se hubiera desplazado a sus oídos. Sancia tendió la otra mano hacia Johan. De pronto, quedaron los tres en el reducido espacio que delimitaban los brazos de ella. Las manos de Sancia desprendieron los botones de la camisa de Wilhelm, se la quitó sin apuro pero sin detenerse. Las yemas de sus dedos rozaron los brazos torneados por músculos endurecidos y recorrió las venas salientes. Después giró e hizo lo mismo con Johan.

Sintió los músculos más largos, compactos y firmes, los tendones delicados. Con la habilidad de la costumbre, desprendió el pantalón mientras besaba la boca de su esposo. Se volvió a Wilhelm mientras Johan se acostaba, desnudo en la cama. Los dedos de ella rodearon la cintura estrecha y se deslizaron dentro del borde. Guiada por el instinto más que por la experiencia encontró la piel oculta, tibia y ansiosa.

—Ven —susurró, apoyando la frente sobre el pecho ancho y agitado.

Ella se volvió y se subió a la cama. Se tendió sobre el cuerpo de su esposo. Johan la abrazó con firmeza. Ojo contra ojo, esperaron. El crujido de la cama al recibir el tercer cuerpo aflojó el súbito miedo.

La piel de Sancia se erizó al sentir los besos en su espalda, entre los omóplatos, bajando por la columna levemente hundida. Las manos de Wilhelm la acariciaron con ternura al darse cuenta de que ella era suya, antes de aferrarla con el deseo ardiéndole en las puntas de los dedos como carbunclos encendidos. Hundió el rostro en el cuello. Mordió la carne del hombro. Fue el íncubo y el amante. Fue una prolongación funcional de Johan y su contrincante. La escuchó jadear, arquearse, oponerle resistencia y al mismo tiempo, abrirse para él.

Wilhelm cerró los ojos y rodó al otro lado de la cama. Sancia quedó entre ambos hombres: el rostro vuelto hacia Johan, la frente en el hueco del hombro de su esposo. Cuando el temblor del cuerpo se lo permitió, Wilhelm se irguió. Ella lo retuvo.

—No es necesario que te vayas.

Y volvió a recostarse apretándose contra ella, la mano en la curva de la cadera, observando el cabello, las perlas de sudor en el cuello, en el hombro, el terciopelo del omóplato y la delicada sombra que formaba el hueco de la rodilla flexionada y entreverada entre sus piernas.

Fue su pago: noches de amor y compartir el lecho.

Hubo un tiempo feliz en el que simplemente dormían los tres. Los niños eran muy pequeños para darse cuenta y la puerta se cerraba por dentro.

Cuando la muerte reclamó a Sancia, la encontró aferrada a Johan. Sin embargo, fue Wilhelm quien más sufrió. No pudo soltar su pena en forma de lágrimas ni su desesperación con gritos. Colocó una silla en la esquina, detrás de la puerta del cuarto, y se sentó a esperar a que se la llevaran.

Cada día que pasó, fue encerrándose un poco cada vez. Hasta que la muerte también vino por él: a lo último, el último. Se fue cuando sintió que había cumplido su misión de cuidar a los hijos de Sancia, y también a sus nietos.

Se fue cuando comenzaba a olvidar su perfume y su rostro.

Otros títulos de la Colección "De mil amores"

Milagro en el Agua
Joan Francesc Fondevila

Con un estilo ameno, marcadamente personal y una fina habilidad para llevarnos de la mano y no darnos cuenta, el autor relata, en una ficción con base histórica, cómo en una noche infernal un diluvio pone en jaque a la población de una pequeña localidad de la costa mediterránea. Aquel hecho marcará para siempre la vida de sus gentes quienes habrán de lidiar con las consecuencias de aquella fatídica noche: la incertidumbre alojada en sus vidas, la dificultad de las relaciones, la fragilidad y el poder de los sentimientos y del deseo. Trasluciendo una mirada tremendamente humana sobre la amistad, la pasión y el amor, "Milagro en el agua" es una hermosísima novela que nos habla con asombrosa sinceridad de la complejidad del amor y de su poder torrencial para enfrentar las situaciones más difíciles.

LAVINIA o las lides de Venus y otros relatos
Juan Manuel Gallego y otros autores y autoras

En los seis relatos que componen este volumen hallaremos variadas y sorprendentes manifestaciones del amor y del erotismo. El sexo como reflejo de la ambición de Lavinia se contrapone al amor sereno contruido con complicidad de dos enamorados en el otoño de sus vidas. El descubrimiento del erotismo de un adolescente en el ambiente acre de los prostíbulos de un arrabal o la enajenación en los sinuosos caminos de la más subyugante pasión sexual nos hablan del recuerdo y del poso de la experiencia amorosa. Una sencilla y dramática historia de un amor imposible y secreto se puede entender mejor a la luz de una hermosísima transposición fantástica del amor humano hacia el reino animal y vegetal. Seis miradas distintas sobre la misma pasión amorosa que desde el origen de los tiempos nos iguala en cuanto a seres humanos.